U0055167

大畫情聖
第二輯
十
狡兔三窟
上山打老虎 著

# 【目錄】

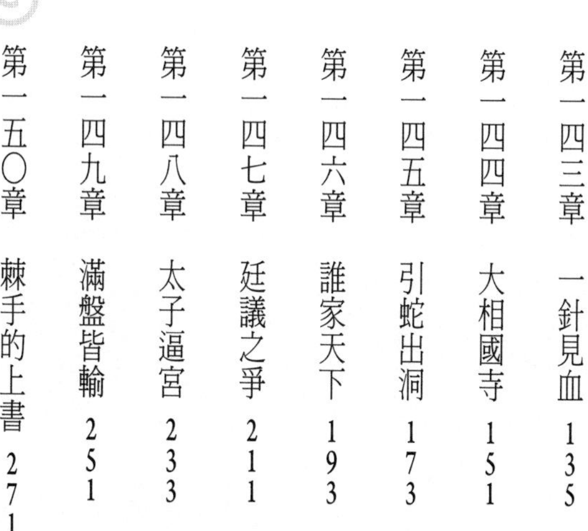

# 第一三六章 祭出殺手鐧

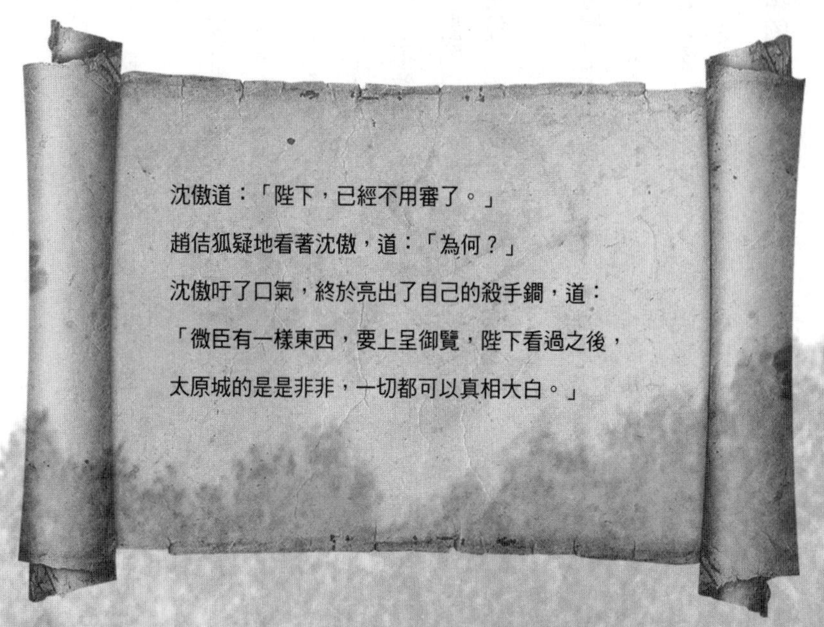
沈傲道：「陛下，已經不用審了。」
趙佶狐疑地看著沈傲，道：「為何？」
沈傲吁了口氣，終於亮出了自己的殺手鐧，道：
「微臣有一樣東西，要上呈御覽，陛下看過之後，
太原城的是是非非，一切都可以真相大白。」

趙佶突然冒出來的一句話，讓所有人都不禁抬起眸朝金殿上看過去，這句話的意思太明顯了，陛下是要判誤殺；說的更通俗點，就是斟減罪行，這是陛下的底線，人是萬萬不能殺的，其他的都好說。

李邦彥的氣勢被趙佶全數打亂，不得不旋身朝趙佶行禮道：「若是誤殺，倒也情有可原，不過事關重大，臣以為，當褫奪爵位，廢為庶人，發配三千里，永不敘用。」

褫奪爵位、廢為庶人，就是讓沈傲失去一切，至於發配三千里，就是害怕沈傲留在汴京遲早有翻盤的可能，而永不敘用，不過是在這懲治上再加一道保險。

這四句話，李邦彥早已斟酌已久，沈傲畢竟也是皇親國戚，又是西夏攝政王，殺是不能殺的，他之所以喊打喊殺，無非是漫天要價而已。

趙佶默然無語。

沈傲卻是冷笑道：「可要是本王殺的是奸賊呢？」

李邦彥正色道：「那麼平西王又是大功一件，可喜可賀。」

正在這個時候，鄭楚齜牙裂目地站出班來，大喝道：「誰是奸賊？平西王，你也太放肆了吧，殺我家父，又污蔑為賊，我與你不共戴天！」說罷又噗通跪地，朝向趙佶慟哭道：「陛下，家父是皇親國戚，更是陛下欽賜的國公，沈傲污蔑家父是賊，置陛下何地？微臣懇請陛下嚴懲沈傲，以還家父清白。」

這個時候，已有許多人站出班來，這些人有的與鄭家有千絲萬縷的關係，有的更是李邦彥的門生故吏，竟有上百人之多，一齊跪倒，轟然道：「請陛下嚴懲平西王，以儆效尤。」

有人高聲道：「陛下，平西王放肆到這個地步，已是曠古未有，陛下若再姑息，置我大宋祖宗之於何地？」

坐在金殿上的趙佶還在猶豫，不殺沈傲是他的底線，可是廢爲庶人，發配三千里也著實重了一些，可是不處置又不好交代，遲疑著正要點頭。

此時，殿堂中有人開始相互交換眼神了，沈傲朝曾文看了一眼，曾文會意地點頭，隨即慨然而出，朗聲道：「微臣有事要奏。」

趙佶回過神來，看了曾文一眼，暫時擱下處置的事，道：「曾愛卿但說無妨。」

曾文拿出一本舊書來，道：

「臣要彈劾文仙芝不法情事，宣和二年，文仙芝在太原與鄭家同流合污，收取鄭家賄賂，共計十七萬貫，往後每年都有這個數目。除此之外，太原知府等官員也都收受過鄭家的禮物。宣和六年時，鄭家在太原的商鋪因以次充好，惹惱了城中百姓，數百人擁堵了鄭家的商鋪，文仙芝以刁民滋事爲由，調兵彈壓，打死打傷數十人。臣爲此派人走訪過被打傷的幾戶受害的民戶，可以當做人證。除此之外，太原大都督府幾個主事也都由臣派人請來了汴京，可以作證。這裡是從太原大都督府抄沒來的賬簿，請陛下察之。」

說罷，曾文用雙手高高拱起賬簿，雙膝跪地。

李邦彥早就預料舊黨之人不會善罷甘休，原以爲會先從鄭國公在太原的囤貨居奇入手，可是沒曾想到，居然是先從鄭家與文仙芝的關係入手，且人證物證都帶來了。

他略略一想，漸漸鎮定下來，看來這平西王確實早有準備，不說那些帶回汴京的文家主事，就是這賬簿，只怕也是之前抄來的。

楊戩走下金殿，將曾文的賬簿收了，送回御案前，趙佶隨手翻了幾頁，便對身側的楊戩道：「好好收著。」說罷向鄭楚道：「這件事，你知道嗎？」

鄭楚止住了哭，一時不知該如何回答是好，只好道：「微臣不知。」

趙佶淡淡地道：「是沒有還是不知？」

人證物證都在，想抵賴都不行，鄭楚無奈道：「不知。」

趙佶哂然一笑，道：「這麼說，就是有了。鄭家是皇親國戚，給一個都督送賄賂，這倒是新鮮事。」

鄭楚告饒道：「陛下恕罪，實在……實在……」

趙佶打斷他道：「你不必強辯了，你既然不知道就罷了。」其實一個賄賂，倒也算不得什麼大罪，不過這賄賂，卻恰好證明了鄭家與文仙芝的聯繫，要想翻盤，這本賬簿自然遠遠不夠，但卻是一個極好的切入點，真正的好戲還在後頭。

這時候，十幾個言官一道站出來，齊聲道：「陛下，微臣有事要奏。」

趙佶見了這陣仗，突然預感到事情可能要有轉變，便耐著性子道：「一個一個說。」

十幾個言官毫無例外，都是彈劾文仙芝和鄭克，如放縱家人不法，或揮金如土，甚至是一些私德問題。聽到這些，趙佶忍不住皺眉，顯得很是不悅。

珠簾之後的太后，這時候臉都黑了，朝身邊的敬德道：「這文仙芝原來這麼不是東西，這般大的年紀，居然還搶婚，他當太原是他家的嗎？」

敬德低低一笑，道：「太原大都督比不得其他牧守，上馬管軍，下馬牧民，這太原上下，他要做什麼，誰敢說什麼？」

太后便不說話了，抿了抿唇，端起茶盞去喝。

可是這時候，反倒是李邦彥有點兒疑惑了，原以爲接下來會是暴風驟雨，原來這些人說的都是不痛不癢的事，靠這個，也能翻雲覆雨？

不過事情很快失控，因爲這時候的趙佶已經陰沉著臉不吭聲。

隨後，又有一人朗聲道：「陛下，微臣有事要奏。」

這一次站出來的，居然是童貫。童貫中氣十足地站出來道：

「鄭家在三邊惡名昭著，仗著皇親國戚的招牌，多有不軌之舉，微臣這次入京，帶來了三邊諸將的聯名奏疏，請陛下明察。」

趙佶道：「奏疏在哪裡？」

過了一會兒，還真有奏疏來了，由十幾個內侍抱著，竟有上百份之多，堆放在御案上，便如小山一樣。

趙佶拿出一份奏疏，奏疏中說的是鄭家的下人與營中的邊軍起了衝突，結果鄭家居然打了人，揚長而去。這算不得什麼大事，可是在邊鎮敢痛打邊軍，可見這鄭家的驕橫非同一般了。

再拿起一份奏疏，內容也是差不多，說鄭家的人在熙河犯了罪，邊軍前去緝拿，結果卻被鄭家的掌櫃攔住，不許搜查，甚至還放出狂言云云。

趙佶連看了幾份，寫的都是陳年芝麻爛穀子的事，實在不值一提，可是看了這些奏疏，趙佶卻是發怒了，邊軍一向驕橫，都被鄭家的奴才欺到頭上，這姓鄭的豈不是比邊軍更橫？邊軍橫，可以當做無知武夫，可是鄭家橫難道也是無知？無非是仗著皇親國戚，仗著宮裡有關係，有鄭國公做後臺，目無王法罷了。

趙佶狠狠地將奏疏摔在御案上，誰知這堆積得像小山一樣的奏疏被外力一摔，立即稀里嘩啦地滾落下去，散得到處都是。

趙佶的眼眸中閃過一絲凶光，瞥了鄭楚一眼，道：「朕還不知道，原來鄭家如此的風光。」

鄭楚不知道發生了什麼事，更不知道奏疏裡寫的是什麼，心裡也是大急，這和他與李邦彥商量好的應對之策完全不一樣，本來他們絞盡腦汁，都在太原的事上琢磨，誰知平西王接二連三的反擊，居然都是三邊和一些陳年的小事。

鄭楚慌了神，只好叩頭道：「臣萬死！」

趙佶瞇起眼來，語氣不善地道：「你來說說，你爲什麼萬死？」

鄭楚哪裡知道人家說了什麼壞話，一時之間腦門上冷汗淋漓，卻又回答不出，只好繼續說萬死萬死。

趙佶冷哼一聲，道：「鄭家在邊鎮的作爲，你知道嗎？」

鄭楚連忙道：「不知道。」

趙佶道：「是沒有還是不知道？」

鄭楚連什麼事都不清楚，哪裡知道到底是沒有還是不知道，可是這時候趙佶語氣不善，咄咄逼人，他只好道：「是不知道。」

趙佶勃然怒道：「你們做的好事！」

鄭楚更是驚慌不安，眼睛看向李邦彥，李邦彥也被這下三濫的招數打懵了，按理說，此前他預想過許多種平西王反擊的手段，可是偏偏沒有料到沈傲玩這個。

恰好一份奏疏散落到殿下來，他依稀看了幾個字，總算知道裏頭彈劾的是什麼，便定了定神，咳嗽一聲，道：「陛下，鄭國公身爲國丈，驕橫一些，倒也情有可原，再者說，鄭家家大業大，下頭的人狐假虎威也是常有的事。」

趙佶只是嗯了一聲，並沒有表態，不過他的臉色實在有些不好看，這麼多劣跡，都是下頭人做的事？哼，一件兩件倒也罷了，眼下何止數十上百？

其實這些事，都只是小錯罷了，甚至難登大雅之堂，朝廷上根本沒有必要討論，可是螞蟻多了可以咬死大象，這一樁樁「小事」，已經讓趙佶感到非常不悅了。

沈傲不由地看了驚愕的李邦彥一眼，隨即目光又落在失魂落魄的鄭楚身上，心裏不禁好笑，他們便是想破了腦袋，也想不到自己會選擇這個突破點出手，這一拳，出乎了所有人的預料，也打亂了李邦彥和鄭楚的方寸，而接下來才是要命的。

李邦彥這時漸漸定下心來，不管怎麼說，這些都是小罪，要動鄭家這棵大樹還早得很，再者說，鄭家現在是受害人，死了人，這道理還是牢牢站在鄭家這一邊。

這時候，太子趙恒突然笑道：

「御史和邊將奏陳的這些事，兒臣倒也聽說過一些，鄭家確實驕橫了一點，可是兒臣卻知道鄭國公的爲人一向是好的，他素來深居簡出，從未與人發生什麼糾紛，便是同鄉的士子入了京城，他也極盡照顧之能事，懷州上下，都說鄭國公乃是我大宋的孟嘗君。不過話說回來，鄭家的家業實在太大，那些邊鎮的奴僕天高皇帝遠，仗著鄭國公的身分做些枉法的事也算不得什麼。父皇，人無完人，鄭國公並非什麼聖賢，可是現在被平西王枉殺，這件事若是不能給鄭家一個交代，只怕又要滋生非議了。」

趙恒這時候適時地站出來說話，大出所有人的意料之外，自從上一次太子在沈傲面前吃了鱉，一下子安分了許多，如今突然冒出頭來，也不知是早有計劃，還是方才在衛郡公手裏吃了虧而臨時起意。可是不管怎麼說，太子的表態讓稍稍有些頹勢的李邦彥精神大振。

趙佶淡淡地道：「太子說的也有道理。」

李邦彥趁機道：「陛下，平西王擅殺鄭國公，已是不容置疑，還請陛下裁處。」

「且慢！」沈傲這時從錦墩上霍然而起，道：「還有一件事沒有弄清楚。」

李邦彥看了沈傲一眼，冷冷道：「殿下還想說什麼？」

沈傲淡淡一笑，道：「本王殺的是鄭國公，還是逆賊？」

鄭楚大怒道：「沈傲，你先殺我父，又屢屢污蔑，到底是什麼居心？」

沈傲呵呵一笑，抿著嘴並不說話。

隨後，荊國公站了出來，淡淡地道：「平西王所說的並非是空穴來風。」

荊國公地位超然，李邦彥和鄭楚見他突然出來說話，都是微微一愣。緊接著，越來越多的人站出班來，茂國公正色道：「陛下，老臣有事要奏。」出班的足有七八十個之多，居然都是朝中的清貴。

金殿上的趙佶顯出不可思議的表情，端正坐姿道：「有事直陳即可。」

茂國公道：「老臣平素不涉朝政，只是今日要奏陳的事，事關我大宋安危，不得不報。其實鄭家在邊關所作所爲，並非只是驕橫這麼簡單，老臣聽說……」

內幕終於抖了出來，朝中一片駭然，殿中到處是嗡嗡的竊竊私語，許多人臉上露出驚駭之色。

通敵……而且還是出售武器給女真人，若是這罪名坐實，滿門抄斬也不出人意料之外。況且站出來揭發此事的是荊國公、茂國公等清貴，好端端的一個御審，如今竟拐到了通敵上頭，實在令人匪夷所思。

鄭楚一呆，眼睛祈求地向李邦彥看過去，李邦彥臉色蒼白，道：「茂國公只是聽說？」

茂國公不屑地看了他一眼，才道：「是聽說。」

李邦彥道：「道聽塗說之辭，也能登上大雅之堂？」

沈傲呵呵笑起來，吸引了所有人的注意，道：「本王殺鄭國公，李門下可曾親眼所見？」

李邦彥呆了一下，來不及多想，道：「並不曾見。」

沈傲冷笑道：「這麼說，李門下也是聽說來的？既然本王殺鄭國公的事能登上大雅之堂，為何鄭家通賊卻不能在朝中議論？門下未免也太武斷了吧。」

李邦彥大叫道：「殿下殺鄭國公，人證物證俱全，何止聽說二字？」

荊國公這時插嘴道：「鄭家通敵，人證物證也有，門下要不要看看？」說罷，正色向趙佶道：「陛下，此事千真萬確，有邊將作證，此前在邊關還查抄了一次鄭家的貨物，非但有刀槍劍戟，更有火炮兩尊，現在還存在庫房，當地官員害怕引火焚身，是以不敢奏陳，老臣懇請陛下徹查！」

趙佶這時已經完全亂了套，開始是審沈傲，現在，整個局勢已經發生了逆轉，平西王殺鄭國公的事漸漸顯得不太重要了，通敵二字，已經成了萬眾矚目的焦點。他這時候還有些疑心，心中想，鄭家是國戚，應當不會做出這等糊塗事來吧？

趙佶沉默了片刻，道：「朕會徹查。」

李邦彥此時也顧不到其他了，朗聲道：「陛下，鄭家的事是鄭家的事，眼下當務之急，還是裁處平西王爲好。」

沈傲笑道：「李門下又錯了，要裁處本王，若是不能分清本王殺的是鄭國公還是逆賊，又該如何裁處？」

「殺鄭國公就是大罪，鄭國公若是知法犯法，自有朝廷處置，平西王多此一舉，就是大不敬之罪。」

「本王方才似乎還說過一句話，叫非常之時行非常之事，李門下還記得嗎？」

「……」

講武殿裏七嘴八舌，到處都是爭吵聲，眼下已經全部亂套了，好端端的一個御審，變成了相互攻訐。懷州黨這時也是情急，心知若是這時候不快刀斬亂麻就要全盤皆輸，於是紛紛站出來，轟然道：「請陛下裁處平西王，以正國體。」

又有許多人站出來，道：「鄭國公若是通敵，平西王非但無罪，反而有功，要裁處何必急於一時，諸位莫非是要殺人滅口嗎？」

趙佶一時失了神，再看殿中亂哄哄的樣子，不禁大怒，拍案而起，道：「肅靜！你們當這裏是什麼地方？胡鬧，胡鬧！」

聲浪立即被強壓了下去，所有人都住了嘴，看向金殿之上的趙佶。

趙佶惡狠狠地道：「通敵？鄭家通敵？若真有其事，朕一定要徹查清楚，混帳，混帳！」混帳二字，不知是說下邊的人在胡鬧，還是說鄭家混帳。

趙佶的火氣已經被勾了起來，若說一開始聽到通敵二字他還有點不信，可是看到李邦彥等人心急火燎的樣子，心裏已經有了數，冷冷笑道：

「來人，立即命有司去查，人證在哪裡？物證又在哪裡？誰參與了此事？鄭國公是否知情？這件事，一定要查個水落石出！至於平西王……」

趙佶看向平西王，道：「今日的御審就此作罷，平西王繼續看押，待鄭家的事交代清楚了再審！」

沈傲道：「陛下，已經不用審了。」

趙佶狐疑地看著沈傲，道：「爲何？」

沈傲吁了口氣，終於亮出了自己的殺手鐧，道：「微臣有一樣東西，要上呈御覽，陛下看過之後，太原城的是是非非，一切都可以真相大白。」

沈傲等的就是這個時候，從殺鄭克的那一刻起，這個圈套就已經開始；趙佶的性子，他太清楚了，不被人逼到牆角，是絕不可能打起精神去做事的。若是直接將鄭國公的罪證呈報上去，依著趙佶的性子，再加上宮中還有鄭妃這個變數，以及李邦彥等人的極力回護，最後的結果可能是不了了之，鄭家就算有罪，至多也不過褫奪掉爵位。

沈傲的辦法很簡單，就是殺掉鄭克，將這件事抬升到萬眾矚目的地步，而趙佶也因爲鄭克的死，不得不出面釐清太原發生的事。只有在這個時候，風口浪尖上的鄭家和沈傲，才能做一場生死搏鬥，勝者生，敗者死。

沈傲先讓人揪出一些鄭家的小辮子，讓趙佶生出惡感，沖淡掉趙佶對鄭克枉死的同情。而檢舉鄭家通敵，則是一塊千斤巨石，狠狠地壓在鄭家的頭上，將鄭家釘住。現在，沈傲要拿出來的東西，將是壓死鄭家的最後一棵稻草。

這個計畫，可以叫引蛇出洞，讓鄭家的勢力全部跳出來，出現在萬眾矚目之下，就在這天下的中樞講武殿裏，決一雌雄。

沈傲深吸了口氣，朝趙佶作揖道：「陛下，東西在衛郡公手裏。」

石英這時候才站出班來，道：「陛下，老臣確實有一樣東西，要送呈陛下御覽，東西就在宮外。」

趙佶見二人如此神秘，一時也生出好奇之心，道：「來人，去拿來。」

李邦彥的臉色已經慘白，他當然明白，沈傲突然要拿東西給趙佶御覽，這件東西必然非同小可。老謀深算的李邦彥這時候突然意識到，自己好像一開始就鑽進了平西王的圈套。殺鄭國公，絕不是平西王意氣用事，而是這個圈套的開端，鄭國公一死，讓李邦彥看到了整倒沈傲的希望，於是毫不猶豫的跳出來，打算趁著御審，一舉將沈傲萬劫不復。

李邦彥全部的心力，都在籌畫著如何將沈傲的罪名坐實，可是他無論如何也沒有想到，沈傲真正的意圖並不是洗脫罪名；或者說，洗脫罪名只是他的次要目的，真正的目的是什麼，只怕都在那即將送呈御覽的東西上。

鄭楚這時也感覺有些不對，到底不對在哪裡？卻有點想不通，他只是感覺，這平西王準備得實在太充分，這御審明明審的是平西王，可是真正的目的卻像是在審問自己，審問鄭家一樣。

八個內侍抬著兩個大箱子出現，箱子頗爲沉重，外頭是尋常的紅漆，和雕梁畫棟的宮殿相比寒磣了許多。可是這個時候，幾乎所有人的目光都落在這木箱上。

沈傲站起來，撫摸著這密封的木箱，不禁笑道：

「陛下，太原的真相，就在這箱子中。」

趙佶不由地從龍椅上站起來，眼睛直勾勾地看向木箱，心裏在猜測這木箱所裝的到底是什麼。兩班的文武大臣心中也在猜測，只兩個箱子就能得知太原的真相？許多人半信半疑，可是想到平西王一向以急智著稱，倒也並非沒有可能。

李邦彥臉色蒼白，硬著頭皮道：「陛下親自御審，尚且不能得知太原的真相，平西王的兩口箱子，就把真相帶了來？」他冷笑一聲，道：「殿下未免也太托大了。」

站在左邊位置的太子趙恆，嘴角也勾起一絲冷笑，似乎想要說什麼，身後的吏部尚書程江卻拽了拽他的袖子，低聲道：「殿下慎言。」

趙恆只好作罷，抿了抿嘴，最終還是將已到嘴邊的話吞回肚子中去。

趙佶帶著好奇的目光，道：「來人，打開箱子。」

內侍們二話不說，捋起袖子將厚重的箱子打開。這時，一股濃重的血腥氣立即瀰漫開來，聞之令人作嘔。裏頭還有一層黑色的氈布蒙著，也不知是什麼，可是這股怪味，已經令許多人不禁掩鼻了。

「大膽！」李邦彥朗聲道：「平西王，你好大的膽子，竟敢將這污穢之物帶到御殿，萬一衝撞了聖駕，你有幾顆腦袋賠罪？」

李邦彥起了頭，鄭楚也如抓到了救命稻草高聲道：「這裏頭莫非藏著屍體嗎？」

這一聲大叫，立即引起滿殿的譁然。從古至今，鑾殿之中一向是最聖潔的所在，如今平西王帶著這兩口滿是血腥的箱子進來，莫說聞之令人作嘔，鑾殿充滿血腥，也有不祥之兆的意味。幾個方才彈劾沈傲的言官這時也站出來，紛紛鼓噪。

# 第一三七章 國之根本

「這是什麼？」有人忍不住問道。

沈傲抬眸，莊重無比地道：「民心！聖人說，得民心者得天下，可見民心便是國之根本。微臣今日要彈劾門下令李邦彥，竟敢將這大宋朝最寶貴的東西顛倒黑白，斥以為污穢之物……」

沈傲冷冷地看著李邦彥，正色道：「李門下說這是污穢之物？」

被沈傲這麼反問，李邦彥這時候也不太確信起來，又打量箱子一眼，箱子裏頭蓋著一層氈布，實在看不到裏頭到底是什麼，可是散發出來的血腥氣味實在太重，估計是儲藏太久，氣味又散不開，這時候一揭開，就實在讓人吃不消了。

他扇了扇鼻尖下的惡臭味，道：「難道不是？」

沈傲朗聲道：「可是在本王看來，這箱子裏卻是世上最寶貴的東西。李門下指鹿爲馬，不知到底是什麼居心？」

寶貴……李邦彥冷笑道：「老夫倒要看看，是什麼東西這般寶貴。」

趙佶生怕又吵作一團，再加上好奇心作祟，便道：「將氈布掀開。」

內侍們捏著鼻子小心翼翼地揭開氈布，霎時間，所有人忘記了這惡臭，都踮著腳，直勾勾地看過去。

氈布之下，是一卷卷白紙，白紙上，是一個個帶血的指印，殷紅的血已經乾涸了，可是留在紙上的紅色印記卻清晰可見。

「這是什麼？」有人忍不住問道。

沈傲抬眸，莊重無比地道：「民心！聖人說，得民心者得天下，可見民心便是國之根本。微臣今日要彈劾門下令李邦彥，竟敢將這大宋朝最寶貴的東西顛倒黑白，斥以爲污穢之物……」

方才都是言官們發揮，可是這時候，沈傲動用三寸不爛之舌的時候到了，他臉上升起怒色，繼續道：「在夏桀商紂的眼裏，民心才是污穢之物，可是在聖明之君，在聖人君子眼裏，李門下所指的污穢之物，卻是世上最珍貴的珍寶。微臣說一句悖逆的話，便是陛下座下的金鑾椅，也未必有這箱中之物珍貴。陛下以為呢？」

這句話冠冕堂皇，不管是哪個君王遇到這個問題都只有點頭的分，否則豈不是和夏桀商紂還有這李邦彥為伍了？

這個時候絕對不能含糊，不能猶豫，這麼多雙眼睛看著，趙佶當然要表明自己的態度，沉聲道：「不錯，在朕的眼裏，這箱中之物便是我大宋的九鼎，先祖太祖皇帝馬上而得天下，何也？民心使然而已，那時候宮室未修，冕服珠冠未戴，可是天下人都沐恩稱頌。可見這民心莫說比朕座下的鑾椅珍貴，在朕心中，可與社稷等若。」

沈傲滿是感佩地道：「陛下聖明，此話必然流傳千古，令後世君王效仿。唐太宗曾說過，君為舟、民為水。水可載舟、亦可覆舟，陛下今日的言談，與先朝太宗皇帝彰顯得宜，必然流芳萬世。」

趙佶面上生出紅光，如此一想，居然還真是這麼一回事，心裏大喜，卻不好露出喜色，正色道：「朕不過有感而發，愛卿言重了。」

沈傲道：「正是有感而發，才彌足珍貴。」

這對君臣一唱一和，居然還上了癮，一個自我陶醉，一個頻送秋波，當著數百個文武顯貴的面，居然來回互奏，忘乎所以。沈傲心裏暗笑，果然是千穿萬穿馬屁不穿。

現在已經解決了箱子的問題，正如趙佶方才所說，這箱子與大宋的社稷等若，既然是與社稷等若，當然不能等閒視之，這不是箱子，裏頭裝的也不再是血跡斑斑的紙張，而是聖物，是大宋的至寶，比之尚方寶劍還要鋒利十倍百倍，是殺人的利器。

箱子在沈傲的手裏，沈傲的目光如刀鋒一般落在李邦彥身上，正色道：

「陛下說箱中的聖物與九鼎等若，鼎之輕重好壞，是人臣該議論的嗎？李門下，你方才說什麼來著？」

李邦彥一時啞口。

沈傲冷笑了一聲，看著李邦彥道：「狗東西，還不快退開？攔在這聖物面前做什麼？」

李邦彥這時又急又怒，卻也不敢說什麼，抿了抿嘴，退到班中去。沈傲才正色道：「微臣懇請陛下御覽太原城民心民意。」

趙佶道：「不必呈上來，朕自己去看。」

他站起來，從金殿的臺階下一步步過來，也不嫌腥臭，屈身彎腰在箱中拿出一遝遝厚厚的紙。這些紙大多數沒有文字，可是每片紙上都有數十個血紅的指印，紙張足足有上萬之多，難怪要裝在箱子裏。

趙佶的目光最後在一張寫著密密麻麻文字的紙上停下，他將這張紙抽出來，站在箱邊認真地看起來。

紙上的字其實不過五百，可是每一個字都是用血寫就，血書猩紅觸目，格外的耀眼。

「太原代職都督梁建直陳上聽，曰：中和二年，建亥之日，天降危厄，太原瓦解。百姓惶惶如置身虎口，官倉無糧，百姓餓莩、凍死者無以勝數，此一害也。又有太原都督、太原知府等人，不思緩解災情，救民水火，反阻擋百姓於外，日夜笙歌……太原鄭家米鋪米價日升，鄭家乃國戚，本該開倉賑濟，以緩解災變，使太原上下感念其恩，頌吾皇恩……」

這封血書，將太原城的事原原本本地寫了出來，既沒有浮誇，也沒有刻意貶低，血書最後寫道：

「臣梁建日暮途遠，人間何世！平西王引罪，大樹飄零。壯士不還，寒風蕭瑟。荊璧睨柱，受連城而見欺；載書橫階，捧珠盤而不定。鍾儀君子，入就南冠之囚；中包胥之頓地，碎之以首；蔡威公之淚盡，加之以血。釣台移柳，非玉關之可望；華亭鶴唳，豈河橋之可聞！」

這句話最是精彩，意思是說：微臣梁建年歲已高，這是什麼人間世道啊！平西王鎖拿回京，大樹即見飄零。荊軻壯士不回，寒風倍感蕭瑟。平西王懷著藺相如持璧睨柱之志，卻不料爲不守信義之徒所欺；又想像毛遂橫階逼迫楚國簽約合縱那樣，卻手捧珠盤而未能促其定盟。平西王只能像君子鍾儀那樣，做一個戴著南冠的楚囚；其悲痛慘烈，不少於申包胥求秦出兵時的叩頭於地，頭破腦碎；也不減於蔡威公國亡時的痛哭淚盡，繼之以血。

趙佶看了，心中忍不住叫好，雖說這些話多是廢話，不斷的引經據典，不斷的訴說平西王的冤屈，將沈傲比作荊軻、比作藺相如、比作毛遂一樣的壯士，爲了太原的百姓，去和本不該去面對的敵人決鬥，得來的卻是天大的冤屈和悲憤。

趙佶仔細又看了血書兩遍，才在血書的上角看到一行字：「太原十萬人陳上書。」十萬人……趙佶不禁倒吸了口涼氣，他這才發現，這足足一箱子的紙張裏，那一個個染血的指印，便代表著一個人，這箱子裏裝著的是十萬人的血，更是十萬人的哀告。

趙佶面若寒霜，眼睛落在了鄭楚的身上，抿了抿嘴，卻什麼都沒有說，便旋身轉回金殿，只是手裏還捏著那份血書。

講武殿裏已經瀰漫開不安的氣息，誰也不知道那紙上寫的是什麼，可是任何人看了官家的表情，都知道這些文字絕不簡單。

趙佶坐在鑾椅上怒目道：「好……好……你們還有多少事在瞞著朕？」他臉上浮出冷笑，繼續道：「朕最信任的臣子與商賈同流合污，朕依仗的國戚，居然是曠古未有的梟雄逆賊！若不是太原百姓泣血而告，差點就令朕誤了忠良，遂了你們的心願。」

眾人轟然跪下，紛紛道：「臣萬死。」

趙佶拍案道：「該死的不是你們，鄭楚……」

鄭楚嚇了一跳，忙不迭地道：「臣在。」

「鄭家還有多少事瞞著朕？還有多少害人的勾當，是朕不知道的？」

趙佶說得輕描淡寫，卻是字字如風雷之聲，讓人心裏忍不住生出寒意。

鄭楚求救似地看向李邦彥，李邦彥立即將臉別過去，李邦彥就是再蠢，這時也知道官家問出這句話，鄭家已經完了。

見李邦彥不理他，鄭楚方寸大亂，期期艾艾地道：「陛下……臣萬死！」

趙佶滿是譏諷地道：「這句話你倒是說對了，來人，拿下去吧，命武備學堂校尉將鄭家圍住，平西王何在？」

誰也不曾想到，只是一份血書，陛下的口吻居然全變了；更沒想到，鄭楚這受害之人，轉眼之間就成了階下囚。可是這時候，誰也不敢多嘴，如今趙佶龍顏大怒，沒人敢去碰釘子。

沈傲意氣風發地站出來，正色道：「臣在！」

趙佶深望了他一眼，道：「平西王辛苦了，爲了大宋，願意擔起這麼大的干係。太原的事處置得很好，很好。」他的言語轉而變得嚴厲起來，繼續道：「鄭家的事交給平西王處置，審定好罪行之後，不必報知於朕。」

沈傲躬身道：「臣遵旨，敢問陛下，鄭家上下，當真由臣全權處置嗎？」

趙佶沒有絲毫猶豫，淡淡地道：「生死定奪，一切託付於卿。」

沈傲正色道：「臣有一事稟明，鄭家至今還欠臣一億兩千萬貫銀錢，能否先讓鄭家還了賬，再生死定奪？」

趙佶不由愕然，轉而不禁苦笑道：「這是你的事。」

滿朝譁然，鄭楚已經癱了下去，李邦彥不得不硬著頭皮道：「陛下既要降罪鄭家，爲何不明示其罪行，讓滿朝上下心悅誠服，知悉鄭家罪惡？」

趙佶淡淡地道：「問得好，來人，宣讀吧。」

楊戩接過趙佶手中的血書，朗聲念了起來。

寥寥數百字，只念到了一半，所有人都不禁後脊發涼，那些之前還站在鄭家一邊的文武官員，此刻已是汗流如雨，雙腿微微顫抖起來。

這份血書雖是梁建寫就，可是正如血書中所說，是太原上下十萬軍民陳上，其作用只怕比先帝的遺詔還要管用，民心民意，俱都在這分泣血的血書之中，那一個個觸目驚心的指印，都是血證。難怪沈傲說這是民心，也難怪等若九鼎。

這封血書一出，鄭家非死不可，無他，天下人都在等一個交代，官家就是再如何寵溺鄭妃，這時也必然勃然大怒，必然壯士斷腕。

許多人已經臉色蒼白地屈膝跪倒，李邦彥不斷地磕頭，朗聲道：「陛下，臣萬死，竟不知鄭家包藏禍心，做出如此不智之事，請陛下嚴懲鄭家，請陛下降罪於臣。」

滿堂文武一起跪倒：「請陛下嚴懲鄭家！」

太子趙恆也意識到了事態的嚴重，此時急於撇清跟鄭家的關係，便朗聲道：「父皇，鄭家原來竟是罪惡滔天，兒臣不能體察，實在萬死。兒臣懇請父皇徹查此事，但凡涉及到此事的，一概誅殺！」

趙佶淡淡地道：「這是平西王的事。」

碰到一顆軟釘子，趙恆顯得有些悻悻然，連忙道：「是，兒臣又說錯話了。」

事情到了這裏，鄭國公的死已經畫上了一個圓滿的句號，可是在這朝廷，卻又是一件折騰的開始。生殺奪予，全部託付給了平西王，又一場遊戲開始了。

珠簾之後的太后這時打起了精神，幽幽地對敬德道：「想不到，實在想不到，鄭家居然敢做出這等事。」

敬德心裏的一塊大石落地，這些時日，他也在賭，他的賭注全部押在平西王身上，若是平西王戴罪，他只怕也別想好過。

敬德心情輕鬆起來，微微笑道：「太后，大奸大惡之人往往無跡無形，日月昭昭，早晚還是要敗露的。」

太后抿著嘴道：「你說得對，既然如此，哀家這個後宮也不能坐視不理了，去鄭妃那裏，和她說最後一句話吧。」

她慵懶地站起來，帶著一干人從另一處門出了講武殿。

趙佶的心情很是煩躁，道：「退朝吧，朕乏了，平西王留下，朕有話要說。」

滿朝文武盡皆散去，獨獨沈傲留著。

沈傲今日的心情不錯，快步尾隨趙佶出了講武殿。

趙佶看到外頭的日頭，不禁用手去遮眼睛，沈傲在一邊不陰不陽地道：「陛下，光天化日，遮了眼睛就看不到太陽了。」

趙佶一聽，不禁莞爾：「這裏沒有外人，不必再說什麼大道理。隨朕來。」

趙佶的心情顯得也不錯，若說之前他是左右爲難，感覺手心手背都是肉，御審的時候又頗爲不忍，滿心想留住沈傲的性命。等看到了血書，整個人除了震怒之外，反而多了幾分輕鬆。

趙佶怕麻煩，怕麻煩的人害怕抉擇，可是血書一出，麻煩就已經解決了，罪證確鑿，鄭家非死不可，就算趙佶要袒護也有心無力。所以從殿中出來，趙佶的腳步居然輕快了許多。

君臣二人一路到了文景閣，趙佶對楊戩道：「去，把沈駿抱來。」

沈傲聽到沈駿兩個字，心裏不禁想，怎麼做爹的還沒回來，名字就改好了？沈雅、沈駿，罷了，這名兒倒也不錯。木已成舟，他也只能作罷，只是微微搖搖頭，表示出一點不滿。

趙佶隨意地坐下，對沈傲道：「你也坐，就像從前一樣。」

沈傲也不客氣，大剌剌地尋了個位置坐下，趙佶一邊喚人上茶，一邊道：「沈傲，這一次辛苦了你，也爲難了你，朕此前說過，太原之事若是做得好，朕一定給予厚賜；朕該賞你什麼？」

沈傲一時躑躅，到了他這個地步，賞賜已經沒有多少意義，宮中的財帛賞賜對普通人來說當然是豐厚無比，可是對沈傲現在的身家來說，實在是九牛一毛。更何況，他如今已經貴爲親王，賞無可賞，倒真是讓人爲難了。

沈傲只好正色無比地道：「微臣身爲人臣，爲陛下做事是臣的本分，些許苦勞，豈敢要賞？陛下言重了！」

趙佶微微笑道：「朕再想想，總不會虧待了你。」寒暄了一陣，趙佶心情好了許多，道：「近來可有作畫嗎？」

沈傲搖頭道：「一直沒有空閒。」

趙佶不禁遺憾地道：「也是如此，朕是清平天子，你卻是操勞之臣，辛苦了你。」今日連續說了兩次辛苦，可見趙佶這時候對沈傲還是覺得有些虧欠的。

正說著，宮娥抱著沈駿過來，趙佶心情大好，霍然而起道：「來，看看朕的外孫。」

趙佶接過沈駿，孩子不過一個月大，皮膚還沒有長開，有些褶皺，可是眉宇卻有幾分俊秀之氣，趙佶不禁笑著抱給沈傲看，道：「看，朕的外孫像不像朕？」

沈傲很正經地道：「倒是像微臣多一些。」

趙佶吹起鬍子道：「宮中都說像安寧，像朕，你的眼睛是越來越不好使了。」

這時楊戩在旁笑嘻嘻地道：「確實像陛下，像極了。」

到了這個份上，沈傲決心抗辯到底，忙道：「可是臣覺得，這樣子和臣像是一個模子刻出來的。」接著，爲了證明自己和沈駿的關係非同一般，便朝襁褓中的沈駿笑道：

「來，乖乖，讓爹爹抱抱。」

誰知沈駿十分認生，瞪大眼睛看到沈傲這「陌生人」，立即哇哇大哭起來。

御審結束的同時，一個內侍飛快地向後宮飛報而去。

鄭妃顯得坐臥不安，這些時日她都安分守己，一丁點小動作都不敢做，甚至不敢跟外朝有半點的聯繫，宮裏彷彿一下子生出了無數個眼睛，這些眼睛時刻的注視著她，稍有一分半點的異動，都會惹來滔天大禍。

這幾日，她如坐針氈，一方面爲亡父悲慟，另一方面卻又要強作歡笑，她的宮闈裏，也一下子冷清下來，平時相好走動的嬪妃，此時竟是一個都看不到。

今日就是御審，什麼內朝外朝無干，其實都是假的，平西王若是完了，她鄭妃的地位就可以鞏固；可要是鄭家完了，她的日子未必能好過。人總有年華老去的一天，又有誰能固寵，一輩子集三千寵愛於一身？鄭家若是事發，必然會牽涉到她身上，陛下再看她時，未必還能有什麼好心情。

「御……御審結束了，貴……貴人……」報信的內侍上氣不接下氣，大口地喘著粗氣。

鄭妃雙肩不禁微微顫抖，雙手揉搓在一起，不安地道：「你繼續說。」

「陛下有旨意，命武備學堂校尉圍住鄭家，平西王沈傲徹查鄭家弊案，貴人……也不知到底發生了什麼事，一開始還審得好好的，後來……後來陛下龍顏大怒，就……就……」

鄭妃的嬌軀顫得厲害，兩眼一黑，又是昏厥了過去。這幾日本就焦慮得很，如今聽到這消息，便如天塌了一樣。

內侍嚇了一跳，連忙搶救，哭喪著臉道：「貴人……貴人……」

正是此時，外頭傳來聲音：「太后駕到。」

閣裏已經亂作了一團，有人七手八腳地將鄭妃抬到寢臥去，一個內侍出去迎接，果然看到太后面無表情地帶著敬德等人過來，眾人納頭便拜：「奴才見過太后娘娘。」

太后只是淡淡一笑，道：「鄭貴人在哪裡？」

她的語氣顯得和藹可親，讓人聞之欣悅，內侍連忙道：「鄭貴人……鄭貴人又暈了過去。」

「噢……」太后漫不經心地頷首，略帶幾分遺憾地道：「她的身子骨一向都是這樣嗎？還是……」她頓了頓，語氣陡然變得嚴厲起來：「還是有人說了什麼不該說的話，讓她聽見了？御審的消息，鄭妃是不是知道了？」

所謂後宮不干政，其實只是空話，可是有些時候卻也未必，就比如方才的御審，居然敢來通風報信，太后說她是干政，就是干政了。

內侍已是汗流浹背，吞吞吐吐地道：「奴……奴才不知道。」

「罷了。」太后不冷不熱地道：「這件事哀家就不追究了。不過，鄭家犯了這麼大的事，內宮裏也不能坐視，鄭妃還是好好地調養身子的好。傳哀家的意思，讓鄭妃搬到清寧宮養病去吧。敬德，你挑選幾個信得過的、手腳麻利的奴才去清寧宮伺候。」

敬德躬身道：「是。」

清寧宮便是冷宮，據說那裏的宮室簡陋，尋常的太監都不肯過去的，說是去養病，其實就是讓鄭貴人在宮內的前途徹底完蛋，和好端端的朝廷大員突然送到交趾、瓊州去玩泥巴差不多。後頭那一句挑選幾個信得過的人去伺候，更有監視之意。這太后整起人來，也是不留絲毫餘地，絕不會有什麼婦人之仁。

太后看了看天色，顯得意興闌珊，道：「原想和鄭貴人好好說幾句體己話的，誰知竟是這樣，讓鄭貴人安心養病吧，哀家暫先回去。」說罷，便旋身悠然而去。

沈傲從宮裏出來，興沖沖地回到平西王府，王府裏已是張燈結綵、賓客滿堂，剛剛落了馬，劉勝便笑嘻嘻地出來，命人把中門開的更大一些，請沈傲進去，一邊道：「殿下，衛郡公、祈國公都來了，還來了不少大人，是慶賀王爺因禍得福的。」

沈傲不禁笑道：「哪裡來的禍，又哪裡來的福？」

劉勝瞠目結舌，少爺一向喜歡胡說八道，有的話實在太過玄奧，他哪裡聽得懂？索性就笑，反正笑總沒有錯。

沈傲步入王府正殿去，雖是叫殿，其實就是個客廳，畢竟王府的格局太小，身分雖然上來了，但住處也只不過換個名稱而已。裏頭的賓客紛紛湧過來，朝沈傲作揖的作揖，拉手的拉手，熱鬧了一番。

這些人都是在講武殿力保沈傲的，沈傲朝他們道謝，坐著和他們寒暄了一陣，賓客們才紛紛告辭。

不多久，蓁蓁、周若、春兒、唐茉兒、安寧幾個果然來了。

沈傲卻沒有去看她們，甚至沒有意識到她們進來，他托著茶盞，整個人陷入思索，彷彿遇到了世上最難解的難題，雙眉微微蹙起，眼眸茫然，抱著茶盞的手一動不動，另一隻手用手肘撐在茶几上，握成一個拳頭，拳頭恰好托住自己的下巴。

眾女見他這個樣子，反倒放輕了腳步，劉勝小心翼翼地過來，吩咐人給諸位王妃上茶，幾個夫人靜靜地看著沈傲執著的神態，飲著清茶。

一炷香過後，周若終於忍不住低聲道：「王爺……王爺……」

「啊……」沈傲回過神來，眼中茫然一片，隨即抬起眸來，嘻嘻笑道：「你們是什麼時候來的？」

周若原本想擺出惱怒的樣子，可是想及沈傲為了救父親而遠去太原，心裏多了幾分疼惜，便柔聲道：「早就來了，王爺在想什麼？」

「哈哈……沒有，什麼都沒有想。」

沈傲越是不說，反倒更令人好奇和生出些許擔心了，安寧便低聲道：「說出來讓我們替王爺想也可以，這般藏在心裏，對身子可不好，茉兒姐姐還給你熬了一碗當歸黃耆烏雞湯，給你補氣的……」

唐茉兒被安寧揭穿了自己的事，臉上生出一點緋紅，忙道：「不是我一人熬的。」她畢竟聰明，立即移開話題道：「王爺到底在想什麼？讓我們知道也好。」

沈傲只好道：「好吧，你們一定要問，我只好說了，你們不要見怪。」

蓁蓁嘻嘻笑道：「原來你也有生分的時候。」

沈傲正色道：「為夫在思考一個百思不解的問題。」

沈傲這麼做，頗有吊人胃口之嫌，唐茉兒笑道：「夫君快說。」

沈傲只好道：「為夫方才在思考，為什麼無論是大宋、契丹、大理、大越、女真……」

聽到這裏，眾女心裏便也為難了，原來是這等事，她們這些女兒家哪裡懂這個，只怕是幫不上沈傲什麼忙了。

便聽沈傲繼續道：「各國的風俗不同，可是卻有一個不約而同的地方……」

蓁蓁見多識廣，這時也提起了興趣，原來不是國事，是各國風俗的事，這個她倒是略有些耳聞。

沈傲深吸了口氣，繼續道：「明明不管飲食習慣還是節慶都不同，卻為什麼不分東西南北，不分族群，天下所有的男人都是站著撒尿？為什麼不用蹲著的，或是劈著一條腿呢？奇怪…真真是奇也……怪哉！」

「……」

沈傲被狠狠收拾了一頓，堂堂平西王，當天夜裏只能在書房裏過夜。

劉勝給沈傲捲了鋪蓋，叫人搬了個竹榻，碎嘴道：「王妃們平時都巴望著王爺回來，望眼欲穿，怎麼剛回來就出了事。」他嘆了口氣，又道：「殿下的脾氣要改一改，不能老說胡話。」

沈傲故意裝作沒什麼了不起的樣子，坐在書桌前隨手翻書，聽到他說的話，不禁抬頭道：「你怎麼知道本王是說了胡話？」

劉勝一時語塞，麻利地將暖被鋪好，乾笑道：「殿下一向愛說笑的，這個闔府上下都知道。」

沈傲哂然一笑，這時也有點睏了，想到明日要去徹查鄭家的案子，這一樁案子該查到什麼地步，牽連到哪些人，都要審時度勢，還要費些腦筋，便將書放下道：「你去歇息吧，明日清早來叫我。」

劉勝點了點頭，又掌了一個燈來，道：「殿下，要不要端點熱水來洗澡？」

沈傲搖搖頭，道：「罷了吧。」脫了外衣，靴子，坐在床沿上，見劉勝正準備走，突然問：「我問你，你從小是站著撒尿還是蹲著撒尿？」

劉勝愕然，驚訝地道：「這個……這個……」

沈傲態度十分端正的樣子道：「只是隨口問問而已，沒什麼的。」

劉勝道：「幼時的事哪裡記得清？不過應當是蹲著的。」

沈傲噢了一聲，便道：「是了，這又更犯難了……」咬唇踟躕，道：「你下去吧。」說罷，拉起被子蒙頭就睡。

到了三更的時候，沈傲聽到外頭傳來腳步聲，半夢半醒中打起了精神，將被子掀開一個縫來，繼續裝睡。書房的門被輕輕地推開，一個人影借著暗淡的燈光進來，沈傲貓眼一看，竟是周若。

周若走到榻邊，掀開被子一角鑽入沈傲的懷裏，沈傲忍不住生出憐香惜玉之心，眼睛一眨，便將周若抱住，口裏道：「還是若兒待我最好。」

周若俏臉上滿是紅暈，立即蜷到被窩裏去，不肯給沈傲看到。

這丫頭居然害羞了，沈傲體內升起一團火來，翻個身，一下子將她壓在下面，周若驚呼道：「不要動，我不舒服。」

不舒服就是來了月事，沈傲滿是遺憾，只好抱著她，整個人委屈極了。

周若見他這樣，便安慰他：「我來是和你說說話的。」

沈傲無辜地道：「爲夫能不能睡覺？」

周若板起臉，道：「不能。」說罷又楚楚可憐地道：「你就忍心瞧著我深更半夜、天寒地凍的跑來，只是看著你睡覺？」

沈傲想了想，突然感覺還真有些不太忍心，欲哭無淚地道：

「好，我們說話。今天的天氣不錯，哎，等入了春又令人難受了，綿綿細雨下個不休，心情都變壞了。不過春天也好，百花盛開，天氣也會轉暖……皇上近來脾氣有點古怪，駿兒真可憐，這麼小就要離開他的父母，待到女人窩裏去，不知道什麼時候才能接回來，下次我找太后去說，若是太后點了頭，看皇上肯不肯將駿兒還回來。不過說實在話，你覺得駿兒像我還是像安寧？我看像我多一些，宮裏的人全是馬屁精……」

沈傲咬牙切齒地繼續道：「爲夫就是太過正直，不太會溜鬚拍馬，否則……哼哼……」他突然又道：「春天時，讀書人又要鑽出來了，這些人，冬天的時候沒見一個人影，一開春就都竄了出來；到時候肯定又要吟詩，又有人來討教，真真是煩死了……」

「睡覺！」周若的俏臉立即板了起來，拉起被子把頭蒙上，捂著耳朵不肯聽沈傲的廢話連篇。

沈傲如蒙大赦，大叫：「若兒威武。」說罷，立即旋過身去，貼著牆壁蜷縮著身子去睡。

身後的周若卻又來掰他，道：「你故意的對不對？故意不想和我說話，拿這個來搪塞我，是不是？」說罷，後腦傳出低泣的聲音：「早知道你是個見異思遷的人，見我沒給你生孩子，見我年歲大了，便不睬我了。」

沈傲心裏叫屈，立即乖乖地轉過身道：「絕對沒有這個意思，只是爲夫在思考。」

「思考？……」

沈傲正色道：「爲夫在思考，你們女人爲什麼每個月都會有那麼幾天不舒服？」

周若啐了一口，道：「胡說八道，你來抱著我，我睡覺了。」

沈傲抱著她，渾身都不舒服，全身像是燃起了熊熊大火一樣，卻又不能動彈，這一夜不知是怎麼熬過去的。

# 第一三八章 黑吃黑

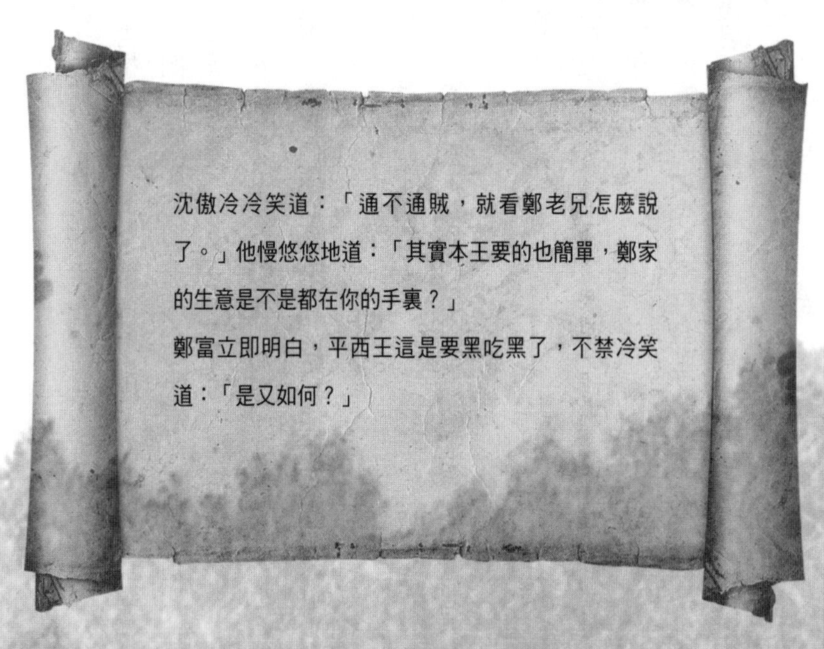

沈傲冷冷笑道：「通不通賊，就看鄭老兄怎麼說了。」他慢悠悠地道：「其實本王要的也簡單，鄭家的生意是不是都在你的手裏？」

鄭富立即明白，平西王這是要黑吃黑了，不禁冷笑道：「是又如何？」

沈傲用過了早點，便直接往武備學堂去。

如今的武備學堂已經一再擴建，足足占了兩條街，出了兩期已經畢業和實習的校尉暫時外放在禁軍，或者去了水師，這裏的校尉還是不少，有一萬餘名，如今已經成了汴京不下禁軍的力量，每日清早號角齊鳴，也成了汴京城的一道風景。

平西王要來是早已預料的事，所以各科的教頭、教官、博士清早已列了隊，專候平西王大駕。沈傲騎馬到了這裏，教官們便迎過來，沈傲和他們在門前寒暄了幾句，便問韓世忠：「鄭家那邊如何了？」

韓世忠道：「已經圍住了，就等殿下處置。」

沈傲呵呵一笑道：「先不急著處置，讓他們還了本王的賬再說。去把鄭富、鄭楚二人提到這裏來，本王要詢問。」

韓世忠點點頭，立即去了。

到了明武堂，沈傲高踞在位，兩班分別站著教頭、博士，再旁邊，則是一個個筆直佇立的校尉按刀而立，很是肅穆。

鄭家的兩個重要人物鄭楚、鄭富，如今已不再有之前不可一世的模樣，鄭楚被幾個校尉押進來，便跪下拚命磕著頭，口裏道：「殿下饒命，殿下饒命，是我昏了頭，居然敢指責殿下的不是，再不敢了，求殿下饒命。」

反倒是鄭富硬氣些，他雖然顯得失魂落魄，卻沒有這般屈膝，只是嘆了口氣，對鄭楚道：「事到如今再求饒又有什麼用?沒的讓人笑話。」

鄭楚便舉手指向鄭富，道：「是他，都是我這叔父，是他慫恿我這般做的，殿下……」

沈傲打斷他，惡聲惡氣地道：「叫什麼叫!這裏是你喧嘩的地方嗎?」

這句話宛若風雷，鄭楚嚇得雙肩顫抖，再不敢叫了，呆呆地看著沈傲，整個人已經癱了下去。

「死了嗎?」沈傲身體向前微微傾斜，臉上透著關心地問。

一個校尉快步過去，摸了摸鄭楚的脈搏，道：「還有氣，怕是嚇暈了。」

沈傲又好氣又好笑，虎軀一震，居然能把人震暈，可見自己果然不同凡響，便道：「叫大夫來，給他灌辣椒水、潑涼水，先把他弄醒再說。本王還有一筆賬要和他算，他要是死了，本王豈不是冤枉?」

幾個校尉只好把鄭楚抬到明武堂邊的耳室裏去，鄭富見到鄭楚的慫樣，微微地冷哼了一聲，滿是輕蔑之色。

沈傲對校尉道：「來人，給鄭老兄搬個凳子來。」

凳子搬了來，鄭富也不客氣，大剌剌地坐下，道：「成王敗寇，平西王既然勝了，鄭某人就是賊寇，要殺要剮，悉聽尊便，何必要多此一舉？」

沈傲淡淡地道：「賊就是賊，便是鄭家勝了，也還是賊；鄭家做的事，就是跳進黃河也洗不清。」

鄭富辯不過沈傲，只是冷哼一聲，舔了舔嘴，道：「既然是賊，就請平西王殿下議罪吧。」

沈傲搖頭，輕輕笑道：「不急，不急，急個什麼？」他沉默了片刻，才道：「本王倒是想和你打個商量。」

鄭富不由地愕然了一下，抬眸看著沈傲，道：「殿下這算是通賊嗎？」

沈傲冷冷笑道：「通不通賊，就看鄭老兄怎麼說了。」他翹著腿，慢悠悠地道：「其實本王要的也簡單，鄭家的生意是不是都在你的手裏？」

鄭富立即明白，平西王這是要黑吃黑了，不禁冷笑道：「是又如何？」

沈傲笑道：「這個簡單，從今往後，鄭家的生意全部姓沈，不再姓鄭，反正這些東西，就算本王不要，也要抄沒的，錢帶不進棺材裏，想必這句話你比本王清楚。」

鄭富不禁笑起來，道：「平西王打得好算盤，你可知道，若是有人彈劾你一本，只怕你也未必能脫身。」

沈傲喝了口茶，用很認真的口吻道：

「本王只要鄭家的生意，至於鄭家的浮財，仍舊抄沒歸公，鄭家欠本王一億兩千萬貫銀子，這些生意，就算是還本王的賬了。不過要接手鄭家的生意，總要把賬簿拿來，哪家貨棧有幾個夥計，每月盈餘多少，是販賣絲綢還是兵器，那些貨棧是出售什麼的，這些賬簿，想必本王要查抄也未必能查抄得到。只是不知道，這些賬簿藏在哪裡？」

鄭富冷笑道：「殿下與鄭家不共戴天，老夫不是鄭楚那混帳，豈會和你做這樣的交易？」

沈傲森然笑道：「本王奉勸你還是說了的好，本王和你說句實在話，鄭妃已經完了，李邦彥如今也急於撇清與鄭家的關係，鄭家誅族勢在必行，但凡是姓鄭的……」沈傲抹了抹脖子，又道：「絕對沒有一個能活過開春。」

鄭富肥胖的身軀不安地在凳子上蠕動了一下，雙手搭在膝蓋上，臉色蒼白地道：「那又如何？」

沈傲背靠著梨木椅子，笑呵呵地道：「簡單，賬簿拿出來，鄭家所有的生意全部歸本王所有，以此償還鄭家賒欠本王的債務，本王便給你一個延續香火的機會。」

鄭富的喉結滾動了一下，瞪著沈傲道：「請殿下說得明白一些。」

沈傲的目光落在鄭富的手上，鄭富的雙手在微微顫抖，連嘴唇也哆嗦了起來。他輕輕一笑，道：「鄭爽和鄭家已經脫離了關係，所以按律來說，鄭家誅族，鄭爽可以活，也可以死；拿出賬簿，本王給他置百畝良田、一處別館，此後，他的生死榮辱和本王不相干。可要是不拿，就只能陪你一道赴黃泉了。」

沈傲雙手撫案，微微笑著繼續道：「你自己思量吧，這是本王給你的最後一次機會，你若是錯過，本王絕不會再和你提起此事。」

鄭富猶豫了片刻，咬牙道：「誰知道殿下能不能守信？」

沈傲哂然一笑道：「你只能相信本王，再者說，鄭家已經完了，一個小小的鄭爽，殺不殺他對本王既沒有好處也沒有壞處；說得更難聽一些，就算本王要斬草除根，像鄭爽這樣的貨色，還不配做本王的敵人。」

沈傲的話很不客氣，說到鄭爽時，語氣輕蔑到了極點，鄭富這時反而相信了，一個在平西王眼中視若螻蟻的人，是生是死，根本不可能對平西王造成任何危害。

鄭富咬了咬牙，道：「好，賬簿我交出來，但願殿下能說話算話。」

鄭富倒是個乾脆的人，既然打定了主意，立即將賬簿的位置和沈傲說了，沈傲喚來一個博士，命他帶人去取。接著臉色一板，正色道：「本王奉欽命督辦鄭家，你在鄭家中掌握機要，今日是老實供認，還是讓本王派人去查找物證？」

其實鄭家的案子已經板上釘釘，現在所做的無非是走個程序罷了，鄭富哪裡不知道？吁了口氣道：「罪臣願意認罪。」

沈傲連問了幾個罪名，鄭富痛快地認了，畫押之後，沈傲滿意地道：「那麼本王還要問，參與通敵的還有哪些人？」

鄭富認真地想了想，說出了一些懷州商賈的姓名。

沈傲冷笑道：「只是這些？」

鄭富只好全數和盤托出，一旁的博士運筆如飛，絲毫不敢大意，但凡是入了供狀中的姓名，只怕身家性命也都到頭了。

沈傲意猶未盡，呵呵笑道：「果然是聰明人，那麼本王還要問你，這件事，李邦彥有沒有參與？」

鄭富沉默了，隨即搖頭道：「如是殿下要小人攀咬李邦彥，小人依殿下從命就是，可是通敵的事，李邦彥並未直接參與。」

直接兩個字很關鍵，沈傲抓住這句話，道：「這麼說，是間接參與了？」

鄭富苦笑道：「李邦彥是什麼人？堂堂門下令，位高權重，單憑小人的供詞，平西王就想扳倒他？沒有直接參與就沒有鐵證，沒有鐵證，平西王又能奈李邦彥何？」

沈傲不禁笑起來，撇了撇嘴，站起來道：「來人，送他回鄭家待罪，等候裁處吧，不要爲難他。」

鄭富被押走了，沈傲坐在這梨木椅上一動不動，擰著眉，此刻也不知是興奮還是失落。抓不到李邦彥的把柄，讓他頗覺得意外，如今李邦彥已經主政兩年，兩年的時間說多不多，說少不少，可是有一樣是肯定的，就是趙佶已經對他有了依賴。

這是一種很奇怪的情緒，明明趙佶對李邦彥未必有多喜歡，可是如果沒有通敵、謀逆之類的大罪，趙佶是不可能下決心對李邦彥動手的。

這也是趙佶一個極大的弱點，說來說去，趙佶所想的只是做一個太平天子，讓他不必勞形於案牘，每日可以悠遊萬歲山，可以吟詩，可以作畫，只要不是朝政相關的事，趙佶都有興致。

不得不說李邦彥是個聰明人，雖然與鄭家有著千絲萬縷的關係，卻沒有留下把柄，沈傲相信鄭富的話，鄭家沒有整倒李邦彥的證據。

沈傲不禁苦笑，既然如此，只能用另外一種辦法去解決掉這個浪子宰相了。

沈傲叫人拿來筆墨紙硯，提筆在紙上寫下了一個字，隨即將墨蹟吹乾，折了紙，隨手撿起公案上的一個信套，叫來個校尉道：「送到李家去，給李邦彥看。」

正在這時，前去搜查賬簿的博士回來了，足足帶回了一個箱子，沈傲興致盎然地揭開箱子去看，裏頭是一遝遝的賬冊。鄭家家業實在太大，鄭富又是個細心的人，主持鄭家的生意幾十年，經驗老道，這些賬冊分門歸類，一點凌亂都沒有。

沈傲叫了幾個博士一起來清理，花了一天的時間，總算有了點頭緒。鄭家的生意分佈在大江南北，尤其是在江北尤甚，其中商隊就有三十多支，分駐各地，這些都是六地的商隊，與西夏、契丹、女真、吐蕃、甚至是極西的大食人也都有往來。

貨棧就更多了，足有一百多座，商鋪足足上千，莫說是蘇杭、泉州、京畿、大名府、西京等地，便是蜀中和尋常的州府都有。除此之外，還有分佈蘇杭的絲綢工坊，泉州的窯爐、蜀中的錦坊，甚至還有兩處兵器作坊，不過這是暗地裏的生意，並不公開。

要知道，大宋禁武還是很嚴厲的，除了佩劍之類的裝飾物之外，其餘的武器一概不得佩戴，更何況是私自生產兵器，鄭家敢冒這種風險，只怕和女真那邊對鐵製品的需求巨大有關係。

最讓沈傲意外的是，泉州的四海船隊居然也屬於鄭家的產業，沈傲在泉州時，四海商船隊規模就已經不小，據說大小船隻上百，在泉州擁有貨棧七處，是除了當時的官商之外最具實力的船隊之一，沈傲還曾召見他們的東家，可是誰曾想到，這四海船隊的幕後居然是鄭家。

鄭家的生意規模放在後世，也絕對算得上是財團了，若說沈家，也算是巨富，可是和鄭家相比，就算是財力相若，卻還缺乏了底蘊。

沈傲現在急缺的，就是鄭家這遍佈大江南北，幾乎任何府道都有鄭家影子的底蘊，有了這個根基，不但沈家的生意可以與之互補，迅速的擴充，而且，沈傲還有一件急需處理的事，要借助鄭家的生意來完成。

「怎麼著手呢？」沈傲不禁苦笑，若叫他做點小生意，以沈傲的才智當然不成問題，邃雅茶坊就是他一手造出來的，可是讓他將鄭家這麼大的家業進行梳理，沈傲也只有乾瞪眼的份。

突然，沈傲一拍手，自語道：「回去問春兒。」

話及出口，沈傲不禁笑了，所謂家有賢妻，萬事不求人啊。

中和四年的開春來得早了些，年節還沒有過去，天色就已經變暖了，屋脊上的殘雪已經漸漸融化，以至於在風和日麗的日子裏，一家家的屋簷還滴滴答答的落著雪水。

平西王的奏疏已經遞了上去，宮中應對極快，立即頒佈了旨意。

「制曰：朕以幼沖，獲嗣丕基，夙夜兢兢，若臨淵谷，所賴文武群臣，同心畢力，弼予寡昧，共底昇平。乃自近歲以來，有國戚不，上欺天地，下殘百姓，太原地崩，生靈塗炭，天災亦也。朕繼承大統，深燭弊源，極欲大事芟除，用以廓清氣濁……王子犯法與庶民罪同，何妨國丈？鄭家所行，以朝廷爲必可背，以紀爲必可干，雖爲皇親，朕不忍加罪，而我祖宗憲典甚嚴，朕不敢赦……」

聖旨傳到門下省，之前一直坐臥不安的李邦彥反覆地看著聖旨，終於長長地吐出了一口氣，前幾日一直都是年關，宮中不透露消息，這個年，他過得實在不自在，可謂心驚膽戰、如履薄冰，如今，宮中的裁處總算下來，讓他鬆了一口氣。

其實早在半月之前，李邦彥就預料到鄭家的弊案牽涉不到自己身上，一切都虧了平西王叫人送來的一封信。信裏只有一個滾字！

看到了信，李邦彥卻沒有生氣，恰恰相反，他捋鬚笑了起來，這是個好兆頭，若是平西王當真有自己的把柄，有整治自己的手段，就絕不會寫出這封信來，之所以恫嚇，是因為實在尋不到紕漏，只好出此下策而已。

李邦彥當即便回書一封，具言平西王殿下來信已經收到，下官看信之後，深察殿下維護之意，只是位卑不敢忘國，豈能一走了之？還請平西王殿下勿怪云云。

這就是李浪子的臉皮，臉皮不厚的早就氣跑了；這也是李邦彥的膽量，沒這膽量，還敢出來做官？寒窗十年，三十年宦海，好不容易到了今日的地位，李邦彥豈會輕易撒手？只要他不請辭，不致仕，他就還是門下令，除非被人偵知了謀逆、通敵的大罪，要不然誰也動搖不了他。

雖然知道時局沒有預想中的差，可是這些時日，李邦彥還是抹了一把的汗，如今見宮中的裁處出來，裏頭只提及鄭家，未點他李邦彥半個字，李邦彥才舒了口氣，抱著聖旨發了一會兒呆，便對身邊的書令史道：「這裏你們暫時看著，老夫要入宮一趟。」

按道理，現在正月十五還沒有過去，一般情況之下是不准入宮的，可是此時李邦彥實在有點上火，得去探一探口風再說。

坐上了轎子，轎中的李邦彥隨著轎夫的走動而微微搖晃，心裏還在想著那份旨意的內容。這份旨意，只能用殺氣騰騰來形容，鄭家這次算是徹底栽了，抄家已經刻不容緩，只要旨意從門下省流出去，立即就是血雨腥風。

這種山雨欲來的感覺，讓李邦彥有一種兔死狐悲之感，撫著長鬍吁了口氣，心裏又生出些許不平，歷朝歷代，做首輔的哪一個不是如魚得水？就算身後未必能落個好下場，卻也沒他這樣窩囊的，若朝中沒有平西王，何至於被人逼到這個份上？

他心中百感交集，到了宮門，叫人通報不提。

趙佶近來的心思還沒有從年節的氣氛中掙脫出來，年節的時候雖然規矩多，至少是不必再理會那鄭家的家事了，只是鄭妃被打入了冷宮。趙佶起初對鄭妃還有些依依不捨，漸漸的，也就將心思放在了沈駿身上。

天家一向抱孫不抱兒，對兒子，向來是督促管教甚嚴，可等到年紀大了，皇帝的心思往往就軟了下來，看到可愛的孫兒，自然就恨不能日夜抱到膝前逗弄。

偏偏大宋的規矩也是苛刻，皇子們的子嗣除了年節時帶入宮中，大多數時候都是不允許入宮的，偶爾皇帝心血來潮召見一下，也只是照個面，各自散去便是。相處的時間少，自然也就沒什麼寵溺之心。更何況趙佶的兒孫實在太多，這心思也就淡了。

然而，沈駿卻日夜承歡在趙佶的膝上，無他，這孩子有他趙佶的血脈，安寧在趙佶心目中又是寶貝得很，再加上沈駿不是皇孫，宮中的規矩不必避諱，趙佶要讓他在宮中住著，倒也沒人敢說閒話。

每天到了這個時候，是沈駿小憩的時間，趙佶讓奶娘將沈駿抱去睡了，才有自己的時間，便拿了最新一期的邃雅周刊來看。

閒坐了一會兒，外頭道：「陛下，門下令李邦彥李門下覲見。」

趙佶將邃雅周刊放下，猶豫了一下，才道：「讓他進來吧。」

一刻鐘之後，從正德門趕到文景閣來的李邦彥朝趙佶作揖行禮，道：「陛下年節過得還好嗎？」

這不是正式朝會，更沒有什麼三跪九叩的大禮，趙佶只是淡淡地道：「坐。」

李邦彥欠身坐下，笑道：「陛下，今日老臣過來，一來給陛下問安，另一個就是想問一問，關於鄭家的旨意，是在十五之後頒，還是即日就送出去？」

趙佶雙眉微微擰起，這等事居然也追到宮裏來問？他哪裡知道李邦彥只是隨便打個幌子來探口風，沉默了一下道：「十五之後再說吧，大過年的，弄得血雨腥風的不好，再說，也讓平西王過個好年，總不能這個時候叫他去忙公務。」

李邦彥立即道：「陛下體恤臣下之心，曠古未有。」

趙佶不禁哂然一笑，道：「近來外朝還有什麼事？」

李邦彥想了想，試探著問：「老臣聽說了些風聲。」

趙佶道：「你說。」

李邦彥道：「老臣聽說，平西王把鄭家的生意都吞沒了，不過，這只是坊間的謠傳……」他故作不相信的樣子道：「做不得真的，再者說，平西王家大業大，要鄭家的生意做什麼？鄭家禍國殃民，私通女真，許多的商隊都是與女真人互通有無，平西王是陛下的肱骨之臣，更不會去接手和女真人做什麼生意。」

趙佶聽了，卻不禁道：「這也未必是空穴來風，這件事朕知道了，下次找平西王來問問。」

原本只是隨口一說，李邦彥見趙佶沒有袒護的意思，這時候突然意識到，這裏頭似乎也有點文章可做。想了想，便道：「陛下這麼說，老臣倒是又想起了一件事來。」

趙佶見李邦彥喋喋不休，心中怫然不悅，可是畢竟是一朝的首輔，只好耐著性子道：「有什麼話直接說就是，朕在聽。」

李邦彥坐直了身體，正色道：「上一次御審爲平西王洗清了冤屈，也看穿了鄭家的真面目，真是可喜可賀。」他捋著長鬚，晃了晃腦袋繼續道：「所謂天網恢恢疏而不漏，鄭家多行不義，如今陛下明察秋毫，雷霆萬鈞一下，也算是他們自食其果了。不過，御審那一日當真奇怪得很，那日本是審問平西王……」

他小心翼翼地看了看趙佶的臉色，見趙佶並沒有發怒的跡象，才放膽道：「可是為什麼到後來，滿朝的文武居然都彈劾起鄭家來了？老臣並不是說鄭家無罪，鄭家確實是罪有應得，老臣的意思是，朝中的言官彈劾一下倒也罷了，就算是荊國公、茂國公等人站出來也是理所應當。可是熙河三邊為什麼要湊這個熱鬧？突然一面倒的彈劾鄭家。陛下，邊事無小事，老臣總覺得，在這邊鎮的背後，似乎有人在暗中挑唆，有人串聯。」

李邦彥的表情變得嚴肅起來，正色道：「是什麼人有這麼大的能耐，居然讓我大宋的將士們都聽從他的安排？這件事，陛下不可不察。」

趙佶聽了，不由地陷入深思，隨即淡淡地道：「你說的背後之人可是平西王？」

李邦彥舔了舔嘴，呵呵笑道：「老臣不敢妄語。」

雖然是不敢妄語，可是方才他的一席話說得再透澈不過，這些人齊心保平西王，不是平西王是誰？大宋一向對武人最是猜忌，這是延續了上百年的既定國策，否則也不會令太監、文人掌軍，更不會一直強幹弱枝，將大量的精銳補充到京畿，編練十幾萬禁軍。

只是這幾十年來，邊事一向不寧，邊軍的力量才得以增強，可是邊軍遠離京畿，也確實讓人不太放心，李邦彥抓住的就是這個弱點，要知道，這大宋的太祖皇帝靠的是什麼起家？誰知道這歷史還會不會重演？

李邦彥滿以爲自己說出這番話之後，趙佶會勃然大怒，至不濟也會徹查到底，誰知道趙佶卻是冷冷一笑，深望了李邦彥一眼，用一種嘲弄的口吻道：

「李愛卿的話是不是有什麼用意？」

李邦彥一頭霧水，感覺哪裡有些不太對勁，連忙道：「老臣不過是未雨綢繆……」他從錦墩上滑下來，直挺挺地跪下道：「老臣的每一句話都是出自公心，請陛下明察。」

趙佶淡淡一笑，靠在身後的檀木雕花椅上，虛手抬了抬，道：「起來吧，既然是出自公心，朕就不怪罪了。」

李邦彥見事情有了轉機，眼眸中閃過一絲喜色，仰起臉來道：

「陛下的意思是……」

「朕沒有什麼意思，既然你這麼問，朕就給你看看。來人，去把三邊的奏疏取來。」趙佶懶洋洋地道。

# 第一三九章 一語雙關

沈傲淡淡一笑，道：

「一百多口人砍腦袋一定壯觀得很，這熱鬧不去湊一湊可惜了，李門下要不要去看看？本王給你預留個好位置。」

李邦彥知道沈傲是一語雙關，意思是說，下一個要砍的腦袋就是李邦彥的了。

過了一會兒，有個內侍抱著一遝奏疏進來，送到御案上，趙佶隨手撿了幾本道：「李愛卿自己看吧。」

李邦彥接過奏疏，一看，心都涼了。這些奏疏之前他並沒有看過，如今乍看之下，才知道今日為什麼會栽這個跟頭，因為邊將的奏疏雖然是彈劾鄭家，可是字裏行間，居然也有一兩封是說平西王的，對平西王大發牢騷，說什麼每每在熙河暫歇，隨扈人馬過千，不得不勞動邊鎮調撥軍士的口糧應付，再加上這一路來往，總少不得要盛情款待，又不知靡費多少錢糧，可謂勞民傷財云云。

趙佶淡淡笑道：「李愛卿以為如何？」

李邦彥啞口，連忙道：「老臣萬死，實在不該妄自猜測，以小人之心度君子之腹，請陛下降罪。」

趙佶吁了口氣，道：「朕知道，你和平西王的關係並不好，可是這種話往後就不必再說了，朕一向對平西王是信得過的，莫說邊將沒有和沈傲暗通款曲，就算當真有什麼私情，朕也信賴他。你起來吧，若是沒有事，就快去忙你的公務，這年還沒有過完，朕現在做什麼都提不起興致來，外朝的事暫時就不管了。」

李邦彥大是尷尬，連忙站起來作揖道：「陛下的訓誡，老臣絕不敢忘，老臣告辭了。」

李邦彥悻悻然地從文景閣裏出來，實在覺得臉上無光，還以爲抓住了人家的把柄，誰知道根本就是一個坑，自己居然還興高采烈地跳了下去。雖說陛下說不知者不罪，誰知道心裏頭會怎樣想？他略略一想，不禁生出沮喪感，暗暗告誡自己，切莫貪功冒進，平西王這樣的人，是絕不可能輕易被打倒的。

他走了幾步，便看到有人騎馬進宮，雖然看不清來人，可是放眼天下，能在宮中騎馬的，只怕也只有平西王了。

如今狹路相逢，讓李邦彥更覺得氣悶，硬著頭皮迎過去，果然看到沈傲英姿勃發地騎著駿馬，遠遠地勒馬佇立，還不忘笑呵呵地道：「李門下今日也有空閒入宮？」半個月前，兩個人還在互掐，可是現在沈傲卻像沒事人一樣，嘻嘻哈哈地和李邦彥打招呼。

李邦彥露出笑容道：「殿下不也入宮了嗎？」

沈傲笑道：「一到年後反而冷清了，又沒什麼公務，索性進宮來看看。」

他打馬到李邦彥身前，居高臨下地俯視著李邦彥，深望了李邦彥一眼，道：「年前的時候，本王寫了一封書信給李門下，不知李門下收到了沒有？」

李邦彥乾笑一聲，道：「老夫已經給殿下回書了，既然有回書，當然是收到了。」

沈傲似是想起來了，道：「可惜得很，李門下的回書，本王一不小心丟入炭盆裏了，不知李門下的回書裏寫的是什麼？」

李邦彥深深地在馬前給沈傲作揖道：「老夫多承殿下美意，只是老夫還未年老昏花，這把老骨頭總算還能做點事，只怕要令殿下失望了。」

沈傲盯著他，嘴角揚起嘲弄的笑容，道：「既然如此，本王也就不強求了，李門下好自爲之吧。」

他翻下馬來，不遠處的一個內侍飛快地過來給他牽住馬轠。

馬坐久了，腿腳有點酸麻，沈傲不得不抬靴頓地，活絡著筋骨，繼續道：「事涉鄭家的旨意頒下來了嗎？」

李邦彥頗有幾分唾面自乾的姿態，那封很不客氣的書信，沈傲當著他的面詢問，他居然一點怒氣都沒有，躬身道：「今日剛剛送到了門下省，陛下的意思是，壓到十五之後再頒。」

沈傲繼續跺腳，一面道：「罪名定了嗎？」

李邦彥很有耐心地道：「是通敵、欺君這兩條大罪，其餘的小罪共是七件，都已經定奪了，陛下親自圈點了抄家誅族。」

這樣的結果早在沈傲的預料之中，沈傲淡淡一笑，道：

「這便好，一百多口人砍腦袋一定壯觀得很，這熱鬧不去湊一湊可惜了，李門下要不要去看看？本王給你預留個好位置。」

李邦彥知道沈傲是一語雙關，所謂的留個好位置，可以說留個觀眾的席位，也可以說是一個砍頭的席位，意思是說，下一個要砍的腦袋就是李邦彥的了。

李邦彥撫鬚大笑道：「這就不必了，老夫公務繁忙，國事天下事處處都不容懈怠，哪裡能有這樣的閒情雅致？殿下，老夫告辭了。」

二人分道揚鑣，沈傲一路到了文景閣，早就有內侍進去通報，一見沈傲來了，笑嘻嘻地對沈傲道：「殿下來得正好，陛下還說總不見你的人呢。」

沈傲嗯了一聲，學著李邦彥的口吻道：「本王公務繁忙，國事天下事處處都不容懈怠，哪裡有這樣的閒情雅致天天來覲見？」說完，又覺得有點不妥，意思倒像是說趙佶每天都有閒情雅致似的，這他娘的不是昏君嗎？

進入文景閣，抬眸一看，趙佶面容嚴肅的撫摸著御案，雙眉微微壓下，彷彿若有心事，連沈傲進來也沒有察覺。

「陛下……」沈傲刻意放高音量叫了一聲。

趙佶才回過神來，道：「你來得正好，朕恰好有事要問你。」

沈傲呵呵笑道：「微臣也恰好有事要陳奏。」

趙佶臉上的嚴肅開始融化，似乎是在猶豫什麼，隨即哂然一笑道：「那你先說。」

「還是陛下先說。」

趙佶不禁失笑，換做是別人，哪有這膽量敢跟他討價還價，偏偏沈傲天生就這性子，不肯吃虧。趙佶只好強忍著笑，板起臉道：

「朕問你，鄭家的生意，是不是全部到了平西王府的名下？」

沈傲舔了舔嘴，道：「臣要向陛下說的就是這個。」

趙佶不由地皺起眉，略帶不喜道：「鄭家所犯的是通敵之罪，許多生意都與女真人息息相關，朕聽說鄭家的商隊規模龐大，數目極多，都是從邊關一路北上，或從西夏，或從契丹直通女真，爲女真人帶去稀缺的鹽巴、鐵器，甚至是瓷器，你將這些生意轉到平西王府的名下，莫非也是要蕭規曹隨，和女真人做生意？」

原以爲沈傲會斷然否認，誰知沈傲頷首點了點頭，正色道：「陛下說的沒有錯，微臣確實想和女真人進行貿易。」

趙佶的臉色驟變，手中剛舉起的茶盞不禁重重地放回御案，冷哼道：「想不到你會這樣糊塗。」

沈傲連忙站起來，道：「陛下息怒，臣與女真人貿易，和鄭家是有分別的。天下人都會通敵，唯獨微臣深受陛下厚愛，與大宋休戚相關，豈會私通女真？陛下莫要忘了，是微臣當年力主連遼抗金，也是微臣率大宋精銳和西夏軍民共抗女真鐵騎，俘虜女真太后；可以說，臣與女真早已不共戴天，豈會做養賊自重這樣的蠢事？」

趙佶不禁釋然，臉色和緩道：「既然如此，你爲什麼還要接手鄭家的生意？」

沈傲重新坐下笑道：「其一，若是微臣不做這生意，還是會有人鋌而走險，去與西夏人做這門生意。要知道，貨物運到了女真，就是十倍百倍的巨大利潤，商人一向逐利，會有人不動心嗎？」

趙佶不禁搖頭。這個理由並不能讓趙佶信服，他仍舊沉著臉道：「就算是這樣，你是朝廷重臣，是朕的心腹肱骨，別人做得，偏偏你就做不得。」

沈傲輕輕笑著搖頭，繼續道：「至於第二，微臣左思右想，女真人雖然緊缺鐵器，可是據臣所知，契丹人的鐵器工匠一點也不少，女真人奪了臨潢府，這臨潢府曾有漢人工匠數萬之多，專供契丹貴族驅使，而這些人之中，至少有數千落在女真人手裏，若是徹底斷絕與女真人的貿易，女真人狠下心，未必不能自產鐵器。只有不斷地給他們輸送鐵器，才能令他們下定不了這個決心。女真人以游牧爲生，一向不注重生產，可是情急之下，豈不是讓他們有了自產的能力？」

趙佶不禁動容。這一點他倒是沒有想到，不禁道：「你說的也有道理。」

其實沈傲這個分析，和後世工業強國的國策有著異曲同工之妙。在後世，開發中國家甘願做世界工廠，向全世界傾銷工業品，使得各國只想著既然用錢就可以輕易買到，又何必要勞心勞力去自己生產。最後的結果是，工業強國不亦樂乎的賣著飛機大炮，弱國不亦樂乎的大力購買，不但在和平時可以大量吸走弱國的財富，一旦開戰，強國切斷與弱國的貿易，立即就可以讓弱國失去造血能力，戰爭的結局可想而知。

沈傲所害怕的就是這一點，一旦讓女真貴族們下定了決心去自產鐵器，而不再讓抓來的奴隸去放馬牧牛，只怕到時候女真人會更加難纏。

沈傲繼續道：「另外，微臣已在商隊中安插好細作，每隔一個月，都可以傳回大量的資訊，微臣再將這些資訊歸攏起來，便可做到知己知彼。微臣也在王府中設了一個鎮撫房，專門梳攏從各地傳來的情報。」

有一件事，沈傲沒有說，遍佈天下的商鋪、貨棧裏，沈傲也要安插人手，如此一來，莫說是女真、西夏、契丹，便是大宋各地發生了什麼事，沈傲都可以在第一時間得到最確切的消息。這個機構在後世早已有過，叫錦衣衛。

若是從前，沈傲絕對沒有這個膽子建立類似的東西，一旦被人握住把柄，後果可想而知，不過，如今沈傲的地位已經不同，作為藩王，若是沒有一個信得過的機構為他提供資訊，後知後覺，尤其是在離京之後，那麼後果將是災難性的。

沈傲之所以肯和趙佶說，並且堂而皇之地將情報機構設在平西王府之下，最大的用意在於，朝廷不可能光明正大地建立這樣的機構。

大宋和大明的政治頗有相似之處，卻也有許多不同點，比如說，明朝可以堂而皇之地設立鎮撫司、東廠、西廠，可是大宋若是弄出這麼個東西，肯定天下譁然，議論紛紛。

這就是政治取向的問題了，對大明來說，莫說是各藩國，就是百官都可以監視。可是在大宋，講究的是與士大夫共治天下，這些士大夫已經完全滲入了大宋的政治、經濟，勢力龐大，除了皇帝，沒有任何勢力可以與之抗衡。所以在大宋，所謂的政治鬥爭，主旋律永遠都是在士大夫之間，可是在明朝的士大夫顯然要身經百戰得多，他們要和太監鬥，要黨爭，偶爾還要和同僚鬥，顯然要忙碌得多。

這就是政治，這種東西見不得光，就算只是針對女真，也不能大張旗鼓的弄出來，所以沈傲以個人的名義建立特務機構，趙佶在深知女真威脅的情況下不會反對，可是在朝中清議的壓力下也不會許可，更不會讓沈傲把這機構交出來，讓朝廷來張羅。

趙佶聽後，果然只是莞爾一笑，道：「這些話你不必和朕說，既然如此，這鄭家的生意你就照看著，心裏有個分寸就好。」

趙佶的默許，讓沈傲建立這個特殊機構有了一個保障。沈傲知道趙佶不願深入和自己再探討這件犯忌諱的事，便笑起來道：「陛下，微臣這一次入宮，是想順道兒看看駿兒，駿兒在不在？」

趙佶彷彿成了沈駿的監護人一樣，道：「他已經睡了，有什麼好看的？」隨即又笑道：「過兩日，朕讓人將他抱回王府裏去住幾日，到時候任你看就是。鄭家的事，朕已經頒佈了旨意，過了十五之後，還是由你來處置，哎，國事多艱哪。」

他突然發出這麼個感嘆，讓沈傲有點摸不著頭腦，心想，國事多艱雖是真的，可是你艱在哪裡啊？心裏雖然腹誹，可是看趙佶的臉色近來不太好，便道：

「陛下要多注意身體才是，微臣全賴陛下維護，希望陛下能與天同壽才好。」

這番話有點犯忌，可是由沈傲說出來就有關心的意味了，趙佶不禁嘆道：「朕也覺得近來身子骨有些不爽，召太醫問過，太醫說並沒什麼病症，可見朕是當真老了。朕記得幾年前認識你的時候，那時候身體康健得很，這才幾年的功夫呢。」

沈傲默默地點點頭，心裏也有些黯然，坐著和趙佶說了一會兒話，趙佶漸漸地多了幾分歡笑，道：「有空閒去太后那裏看看，太后的年歲大了，前幾日還說你不去覲見呢，不要生分了。」

沈傲滿口應下，告辭出去，去後宮見了太后。

太后近幾日的心情卻是好得多，一下子除去了鄭妃，後宮裏見識到了太后的手段，巴結得更勤。

見了沈傲，太后便笑著道：「鄭家的事都處置好了嗎？」

沈傲笑吟吟地道：「就差最後一步了，想必不會有什麼岔子。」

太后頷首點頭道：「很好，你在外朝辦事，哀家很放心；不過晉王家的丫頭，你也不能拖了，當時是說紫蘅年紀小，現在哀家卻想著，若是再不嫁出去就成老姑娘了，趕快下聘禮吧，不要耽誤。」

沈傲心裏說，等的就是你這句話，滿口答應下來。

從宮裏回到王府，沈傲便看到王府外頭圍著許多人，都是要見平西王的。

沈傲今日穿的是便裝，所以未必有幾個人識得，他從容地湊近過去，看到劉勝被二十幾個人圍著，又是打恭又是作揖，這個道：「無論如何也請王爺見我們一面。」另一個道：「求老爺開恩。」沈傲不禁樂了，劉勝什麼時候也成老爺了？不過聽這些人又懼又怕的告饒，便排眾而出。

劉勝見了沈傲，立即大喜，道：「殿下來得正好，這些人一定要謁見，我說殿下不在，他們卻不信，一定要進去。」

「殿下」兩個字從劉勝口中脫口而出，那二十多個商人模樣的人的目光立時都落在沈傲身上，隨即將沈傲簇擁起來，一起跪倒在地，道：「殿下活命！」沈傲一向殺人如痳，有人求他活命，倒是稀罕事。

此時天色到了正午，風和日麗，陽光四射，可是天氣還帶著幾分寒意，沈傲穿著春衫，騎馬時就有點兒吃不消，不由道：「在外頭說話像什麼話？先進府再說。」說罷，率先從中門進去，先到後宅去加了一件圓領的儒衫。

沈傲回到前殿去，二十多個商人如坐針氈，專候沈傲進來，僕役們已經上了茶盞，可是這些人都沒有動，一見沈傲來了，紛紛站起來，又是作揖道：「殿下……」

沈傲擺了擺手，漫不經心地道：「坐下來說，你們是誰？爲什麼要見本王？」

其中一個面容蒼白的老者微顫顫地站著，不肯坐下去，拱手道：「老朽是懷州人，做些生意……」

沈傲立即明白了對方的身分和來意，這一次鄭家的事牽涉頗廣，懷州商人一個都別想逃，鄭家是抄家誅族，他們也別想落個什麼好。如今東窗事發，就等朝廷的裁處，按沈傲的意思，當然是一網打盡。想不到這些懷州人倒也知道厲害，現在見到了棺材，只怕已經後悔不迭了，紛紛來鑽門路。

沈傲臉色一板，道：「原來是你們？」

老者尷尬地道：「我等給殿下帶來了一些禮物，還請殿下笑納。」

沈傲冷笑道：「禮物就罷了，你們知道自己犯了什麼罪嗎？」

另一個商人道：「就是知道罪孽深重，才懇請殿下高抬貴手，殿下放心，我等已經籌集了一些……」

沈傲又是冷笑道：「這就不必了，你們請回吧，本王沒興致要你們的禮物，該怎麼來還怎麼來。」說罷，打了個哈欠，起身道：「送客。」

這些商人嚇得不輕，劉勝已帶著人來轟了。

把人全部趕走了，劉勝回來覆命，沈傲對劉勝道：「往後再有這種蒼蠅來，直接打了就是，若是敢在府門生事，就立即讓護衛彈壓。」

劉勝應下，道：「殿下，你要的莊子已經備齊了，就在城郊十五里處，那裏有個小鎮，叫郭家莊。郭家也是大姓，不過後來不知怎麼的犯了罪，被拿辦後，宅子就兜售了出來。占地可是不小，足足有數百畝之多，房屋七十多棟，小人已經將花園鏟平，改作校場，門面也換了；除此之外，圍牆添高了半丈，殿下招募的人手如今也安置了進去，現在就可以開始進行操練了。」

沈傲點點頭，道：「現在招募到多少人了？」

劉勝道：「招募的事是由陳濟陳先生負責的，昨天夜裏小人到他那兒討口酒吃的時候，聽他說，如今已經有一千多人，除了從武備學堂調撥五十個校尉做骨幹，其餘的都是從邊鎮過來的流民，年輕力壯，識得幾個字，也肯爲殿下效這個力。」

沈傲背著手想了想，道：「一千多個暫時足夠了，不過招募不要斷，本王養得起他們，只是該把關的還是要把關，要的就是識字，其次是身強體健，寧缺毋濫才好。」

劉勝道：「陳先生素來做事一絲不苟，這個倒是不難。只是這麼多張口，每個月還要發放月銀五貫，再加上包食宿，只怕一個月下來就要靡費萬貫以上了，這些都是從府中支度嗎？」

五貫的月錢在汴京城已經算是高薪了，普通人家一個月能賺個一兩貫就算不錯，便是京兆府的小吏，一個月各種收入也不過三貫而已。況且招募的又都是流民，對他們來說，吸引力實在很大。不過在劉勝看來，養著這麼多的人，一年十萬貫的花銷，便是金山銀山只怕也空了。

不過沈傲卻不是這樣想，不說這數字，就是再翻十倍，他也吃得消，更何況，這些人將來都要塞入到各個商隊、店鋪、船隊裏去的，這些生意都是盈利的勾當，這點工錢其實都是小節。

沈傲哂然一笑道：「暫時先由王府裏拿出來，不要怕花錢，現在正是操練的時候，好吃好喝的給本王供養著，平時飯食不求精美，但是雞鴨魚肉不可少，就按王府裏的伙食來，平時王府裏的人吃什麼，他們就吃什麼。」

劉勝是王府的內外大管家，聽到沈傲這般「大方」，心不禁在滴血，心想，平西王果然是個敗家的，錢這樣的花出去，連眼睛都不眨一下，只好道：「知道了。」

沈傲便笑著拍了拍劉勝的肩，道：「放心便是，王府有金山銀山，這點錢還花得起，郭家莊裏的生活起居就歸你管了；你若是忙不過來，可以在府裏提拔幾個主事出來，郭家莊的事得要放心的人去照料，不能出紕漏，你多盡盡心。」

劉勝一直深受沈傲的信重，這時心裏一暖，道：「殿下放心就是。」

沈傲笑道：「我去尋陳先生，陳先生在府裏嗎？」

劉勝道：「方才還在，不過，剛叫了準備車馬，說是要帶些家什去郭家莊。」

沈傲道：「我送他過去，順道看看郭家莊那邊怎麼樣。」

劉勝道：「那我先去知會一聲，省得陳先生先走了一步。」

沈傲和陳濟在門房會合。

陳濟在府中算是半個清客，除了偶爾行書作畫，大多數時候就是看書或者想事，雖然才四旬上下，兩鬢已經生出許多白髮，見了沈傲，微微笑著頷首。

沈傲過去行了師禮，陳濟毫不客氣地受了，隨即道：「先是住在祈國公府，後來又搬來王府，這麼多年，從未邁出汴京過，如今要去郭家莊常住，心裏倒有些捨不得了。」

沈傲恭謹有禮地道：「勞煩恩師，郭家莊的事，別人看著學生放心不下，唯有請恩師出來主持。有恩師督導，學生也就放心了。」

二人邊走邊說著上了馬車，陳濟閉目沉默了一會，待車子開始動了，才將眼眸張開，低沉著聲音道：「宮裏頭知道這件事嗎？」

沈傲頷首道：「已經知道了。」

陳濟吁了口氣，道：「知道了就好，做起來就沒有牽掛。這種事說好也好，說壞也壞，往好裏說，這是爲國分憂；可要是往壞處去想，那就是另有所圖。歷朝歷代折在這上頭的人可是不少，你現在位極人臣，更該小心翼翼，如履薄冰。」

沈傲當然知道陳濟的擔憂，可是這件事他不得不去做，眼下他的事實在太多，要想做到屹立不倒，隨時掌控好局面，沒有這個特務機構是斷然不行的。更何況將來還要就藩，藩國這東西若是不時時注意中央的走向，死都不知道怎麼死的。這年頭到處都是痛打落水狗、過河拆橋的混帳，事先若是沒有防備，早晚會變成刺蝟。

在沈傲的心思裏，這個特務機構總共該有三個功能，一個是隨商隊向絲綢之路各國進行刺探，眼下最緊要的還是女真人，掌握金人朝野的各種情報。第二個功能就是駐紮在大宋境內各路各府的店鋪裏，隨時瞭解大宋的消息。至於第三，則是最緊要的，就是派出斥候，混入各家船隊之中，藉以監視南洋各國。

南洋各國林立，雖有南洋水師鎮住，卻也未必能做到萬無一失。再者說，船隊的開拓，島嶼的發現，及早知道，派駐官吏、軍隊建立次序才是王道，否則遲早要被人坑。所以這一千餘人分爲三個營，一個叫行探，一個叫水探，另外一個叫坐探，分別進行操練，並且根據將來的任務佈置，學習各方面的知識。

這些事，陳濟早已安排好了，比如行探，現在已經開始教授一些簡單的女真文字和口語，此外，一些大漠和西域的風俗也要清楚，再者就是體力上的操練，還有如何傳達資訊，如何與自己的上線接頭等等。

除了這三營之外，在三營之上，郭家莊還要有個總部，負責梳理各地的情報，進行匯總。在總部裏要有個衛使坐鎮，這衛使只能讓陳濟來做了，畢竟這麼多重要消息讓別人看到實在不太讓人放心，而陳濟與沈傲亦師亦友，這件事交給他來做最是合適。

馬車一路朝城外過去，三十多里路說長不長，說短也不短，花了足足一個半時辰才到達地頭。一路上沈傲和陳濟說著閒話，等到馬車停下來的時候，二人的眼中不自覺地放出光芒。

郭家莊，其實不過是個位於京郊的莊園，附近都是田埂，外圍是零落的田舍，在眾星捧月之中，一座宛若城塞的大宅院赫然在目。這宅子若是放在汴京，自然沒什麼出彩之處，可是放在這裏，卻是端莊絢麗，連黝黑的磚瓦都變得光彩起來。

門口已經設下警戒，十六個短裝漢子一字排開。沈傲和陳濟從馬車下來，裏頭立即有人出來相迎。

這裏的設施倒都備齊，圍牆足有一丈半高，徹底將牆裏牆外隔離開。屋宇也都進行了修葺，除了十人一間的宿舍，還有正堂、書房、刑房、籍房、糧房等機構。

裏頭的設置，像是個獨立的縣衙，縣衙有六房，這裏則是四房，刑房專門處置犯了規矩的探子。書房則是梳攏情報，進行分類。至於籍房，一方面是存檔，另一方面則是招募人員。糧房是發放月錢之處，麻雀雖小五臟俱全。正堂則是陳濟辦公的地方，旁邊有三四個耳室，招募了十幾個潦倒的讀書人隨時候命。

陳濟和沈傲一起到了正堂，陳濟便拿出了厚厚的簿子，裏頭有人員的名單、籍貫、年齡，還有操練的科目等等。陳濟笑道：「殿下要不要將探子們召集起來，說幾句話？」

沈傲搖頭道：「這就不必了。」隨手翻了翻簿子，不禁問：「教學的博士都招募了嗎？」

陳濟道：「招來了不少，不過教南洋各國語言的卻是稀缺，女真那邊倒還有幾個，大越國、流求、大理等國也有，可是其他的就少之又少了，現在已經去信到泉州，問一問泉州海政衙門那兒能不能引薦一些人來。」

沈傲頷首點頭，道：「這個要抓緊著辦，三個月之後，本王要他們全部從郭家莊裏出去。」

陳濟尋了個位置坐下，喝了口剛剛送來的茶水，慢悠悠地道：「有件事不知當問不當問，水探爲何要操練行軍打仗？」

沈傲坐下道：「這也是爲了保險起見。」

他猶豫了一下，似乎在考慮要不要把自己的真實想法透露出來，隨即道：

「我從泉州那邊剛剛接到消息，如今海面已經靖平，下海的客商越來越多，三年前，泉州的大型海船不過九百餘艘，可是如今，已經超過了七千艘，這還不算那些載貨吃水較小的中小船隻，南洋各國雖說腹地較深，可是由於貨量越來越多，當地的購買有限，海商們爲了儘快脫手貨物，又不得不相互壓價，如今利潤反而越來越薄了。」

沈傲道出了眼下泉州商人們的現實，從前那些在南洋比黃金白銀還珍貴的絲綢、瓷器以及各種商品，因爲交易量越來越大，已經不再稀奇，西貝貨變成了尋常富戶的起居用品，這利潤還能高到哪裡去？

若是這樣的情況再繼續下去，海商必然破產，從前花了大錢購買的船隻，多半要爛在碼頭上，海商一旦破產，大量的水手和腳夫就沒有了生計，造船塢和工坊之前因爲貨物供不應求，也都大量的招募人手，一旦貨物銷不出，這些人也必然完蛋。

最大的問題是，這些年輕力壯的人拋棄了土地，到了都市，一下子失去了生計，要想讓他們重新去做佃戶是絕不可能的，而沒有人雇傭，成日在城中無所事事，又沒有飯吃，最後的結果是什麼？

一個比流民更嚴重的問題，失業率高達了一定的地步，就是騷亂，甚至是反叛的開始，而大量聚集的工人一旦出現騷亂的苗頭，就很難遏制彈壓，泉州和泉州周邊聚集的人口已經超過了三百萬，如此龐大的人口，帶來的結果絕對是一個災難。

這才是沈傲急於建立錦衣衛的原因，現在的處境看上去歌舞昇平，可是一旦危機蔓延開，就是天大的事，甚至連整個王朝都有可能葬送。

要嘛大宋徹底葬送在危機之中，要嘛就是用刀劍和堅船利炮去闖蕩出一條生路。沈傲心平氣和地喝了口茶，眼眸微微一張，毫不猶豫地道：

「開拓！」

「開拓？」陳濟呆了一下，對沈傲突然冒出來的名詞還是有些難以理解。

沈傲淡淡地道：「敢問恩師，若是有一日，有船隊去更遠的地方，發現了新的島嶼甚至是大陸，怎麼辦？」

陳濟曾對南洋也頗有些研究，此時聽沈傲這麼問，毫不猶豫地回答道：「若是小國寡民，倒也罷了；可要是人口眾多，自然與他們做生意。」

沈傲搖搖頭，苦笑道：「哪裡有這麼容易？這些未知的島嶼大陸，見到了陌生的船隻，懂些教化的或許會和你做生意，可是大多數多半是要攻擊了。船隊中大多都有武器和水手，可是真要抵抗也未必有用，這些探子混雜其中，關鍵時刻可以表明身分，調度一下，儘量做到全身而退。」

陳濟不禁道：「一個探子會有這麼大的作用？」

沈傲正色道：「船隊在海外，往往都是各掃門前雪，一旦有事，有的想逃，有的要打，調度不統一，怎麼辦？若是有一個人站出來，拿出本王的權杖來，至少對大家有了威懾力，就算這時有人想不顧別人死活，也得掂量掂量。其實大家只要肯一條心，也未必會怕當地的土著。」

陳濟聽了，不禁頷首點頭，道：「今日反倒我這做老師的受教了。」

一切都已經佈置妥當，現在要等的就是一個契機，沈傲喝了口茶，嘴唇輕輕蠕動一下，朝陳濟笑了起來，道：「好茶，這樣的好茶，汪洋大海上還有許多人不能品嘗，實在可惜，這樣的茶應當突破大海，到達世界的彼岸，一直賣到天邊去。」

# 第一四〇章 狹路碰冤家

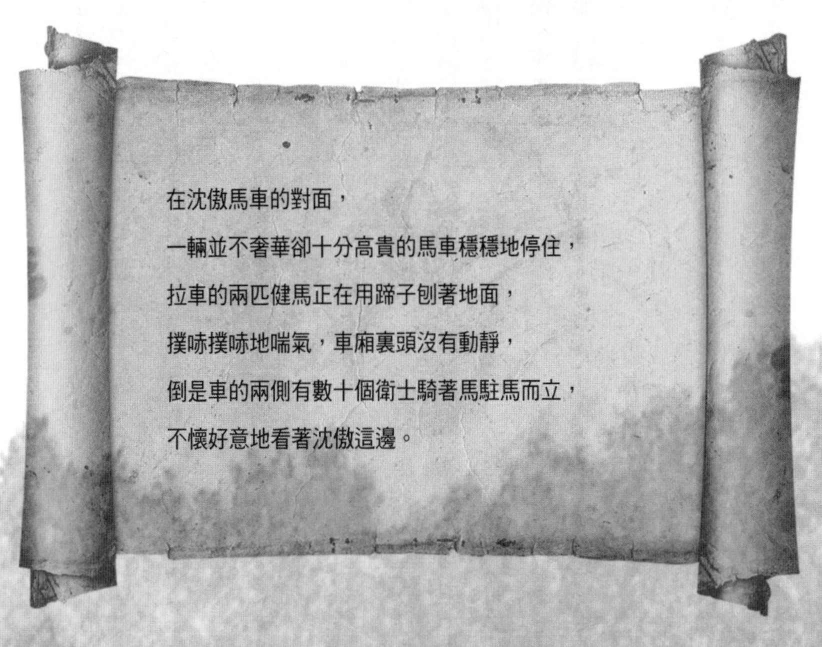

在沈傲馬車的對面，
一輛並不奢華卻十分高貴的馬車穩穩地停住，
拉車的兩匹健馬正在用蹄子刨著地面，
撲哧撲哧地喘氣，車廂裏頭沒有動靜，
倒是車的兩側有數十個衛士騎著馬駐馬而立，
不懷好意地看著沈傲這邊。

饒有興趣地參觀了這郭家莊，天色已經暗淡了，隨來的人過來催促，說是再過一個半時辰就要關城門，再不走，今夜只能在城外過夜。

陳濟指揮人放下鋪蓋，收拾了一個臥室出來，對沈傲道：「殿下還是請回吧，有老夫在這裏，三個月之後，一定不負殿下所望。」

沈傲頷首點頭，匆匆出去，坐上了馬車，十幾個護衛騎著馬在前，馬夫催促著馬迎著霞光朝汴京趕回。

好在這一路都是官道，馬車行得快，車裏就坐著沈傲一人，又怕耽誤了時間，所以一路疾馳，居然只用了一個時辰便趕到了東華門。

進了城，馬車的速度才放慢下來，沈傲看到車簾外人影寥寥，知道這是晚飯的時候，連平時走街串戶的貨郎都不見了蹤影。天空像是染了一層金色，霞光萬道，將陰霾的天空照亮，黃昏的餘暉落在車外，說不出的蕭索悵然。

水師、錦衣衛，眼下都已經齊備，萬事俱備，只欠東風了吧。沈傲心裏這般想著，時間耽誤不起了，危機驟然逼近，或許是今年年末，或者是明年開春，一旦危機爆發，後果將是災難性的。

他倚在軟墊中正胡思亂想，馬車卻在這個時候戛然停止。

沈傲只當到了王府，朝車窗外看了看，發現這裏還是長平坊，離王府還差得遠，這時候路上又沒有什麼人，難道堵車了？

沈傲掀開簾子，果然是堵車了，在沈傲馬車的對面，一輛並不奢華卻十分高貴的馬車穩穩地停住，拉車的兩匹健馬正在用蹄子刨著地面，顯得有些不安，撲哧撲哧地喘氣，車廂裏頭沒有動靜，倒是車的兩側有數十個衛士騎著馬駐馬而立，不懷好意地看著沈傲這邊。

「殿下，是太子的車駕。」坐在車轅上的車夫低聲道。

沈傲頷首點頭，放下簾子道：「叫他們讓開。」

其實這路並不狹小，足夠兩輛馬車各行其道，只是太子的車駕擋住了正中的道路，尋常的車馬沿著兩側的空隙過去也就是了，偏偏平西王府家的馬車豈能灰溜溜的從旁側過去？

校尉聽了沈傲的吩咐，打馬上前與對方交涉，朗聲道：「這是平西王的車駕，殿下請你們讓一讓，不要耽誤了殿下的時間。」

對面的車廂裏沒有傳出聲響，可是太子的護衛這時也按捺不住了，冷笑道：「平西王是誰？我劉三德沒有聽說過，可是這裏端坐的是今朝太子，瞎了你們的狗眼，竟敢阻攔儲君的路！」

校尉也已經火了，可是聽到太子兩個字還是不敢放肆，只好打馬回來，道：「殿下，怎麼說？是硬闖過去，還是讓道？」

沈傲淡淡地道：「平西王沒有讓道的道理，不過對方是太子，本王豈能硬闖？你到一邊去。」

沈傲眼觀鼻鼻觀心，放下車簾子，正襟危坐，不再吭聲了。

這道路上，兩隊人馬，兩輛馬車，像是都呆住了一樣，誰都不肯後退一步，不肯讓出道路。

偶爾有人路過，愕然地看了這裏一眼，便忍不住駐足，太子的馬車上有黃綾裝飾，這是東宮的象徵，是人就看得明白。可是另一邊卻是高頭大馬的校尉，這汴京城除了官家，只怕還沒有誰可以調動校尉護衛，如此一來，不用猜也知道，另一輛馬車裏坐著的是平西王了。

平西王和太子，若說誰是天下二號人物，只怕一時也說不上來，太子自然是尊貴無比，是大宋的儲君，一人之下，萬人之上，歷朝歷代，都是無人敢得罪的。可是在如今朝廷，卻又是不同，誰不知道當朝說話最管用的是平西王？最受聖眷的也是平西王！平西王監國西夏，手掌武備學堂，走馬出入宮禁，又是親王又是駙馬都尉，連當朝首輔李邦彥都要禮讓，可見他的權勢。

最後圍看的人越來越多，看這邊劍拔弩張，哪裡不知道發生了什麼？於是都低聲議論，竊竊私語。

天色漸漸暗淡，馬車裏的人都有些僵了，沈傲倒也罷了，他畢竟年輕，吃得消。可是趙恆就不同了，他人近中年，這時候心裏已經生出了悔意，可是要在方才倒也罷了，這爭端本是他一時忍不下心中一口氣挑起來的，現在這麼多人圍看，到了明天，只怕消息就要不脛而走，四處傳揚。

堂堂太子，居然要給一個外臣讓道，這太子做的還有什麼意思？他心裏冷哼一聲，只能繼續乾耗下去。

天色已經暗淡，萬家燈火點亮起來，不少夜裏去看花燈的人也聽到了風聲，吃飽喝足，便都簇擁過來看，偶爾有幾個大人坐著轎子路過，看到前頭圍滿了人，便打發下頭的人來問，一聽是太子和平西王卯上了，嚇得面如土色，忙不迭叫人調轉轎頭，趕緊繞路。

太子已經吃不消了，在馬車中伸伸懶腰，咳嗽一聲。外頭的護衛聽了會意，其中一個勒馬往回走，過了一會兒，拿了幾個燒餅來，這燒餅味道實在不好，油膩膩的，可是眼下這處境，只能儘量先填飽肚子再說。

沈傲聞到餅香，在車中呵呵笑著對外頭的校尉道：「本王說什麼來著，太子殿下一向節儉，將來一定是個明君，你看，這世上可有吃燒餅的太子嗎？」

沈傲的聲音中氣十足，擺明了要讓趙恆聽到，趙恆氣結，只好將燒餅丟下，故意用慵懶的語調道：「五穀雜糧都是入腹之物，哪裡有佳餚和燒餅的區別？」

沈傲在車中道：「人有高低貴賤，五穀豈能不分尊卑？殿下以高貴之軀在街上吹風，接受百姓圍看，還吃起了燒餅，呵呵……」下面的話適可而止，反正不是什麼好話。

趙恆冷哼一聲，道：「人既有高低貴賤，本宮要問，平西王何故要阻本宮去路？」

沈傲正色道：「本王帶著天家的信物，實在不敢給太子殿下讓路。」

這信物自然是尙方寶劍，意思是說，本王可以給你讓路，可是這把欽賜的御劍不能讓。趙恆冷笑一聲，卻是不說話了。

那京兆府府尹也是欲哭無淚，每日和那些京城裏出了名的紈褲衙內們周旋也就罷了，撞到太子和平西王兩尊大佛在這兒找樂子，也算他今年流年不利了。

這位府尹乖乖地過來，正猶豫著是先給太子行禮還是先給平西王行禮，太子尊貴自然不用說，可是架不住平西王脾氣更大一些，他猶豫了一下，靈機一動，跪在兩輛馬車的正中，朝宮城方向下拜，正色道：

「下官京兆府府尹見過兩位殿下。」

馬車裏的人也懶得理他。府尹這時候又犯難了，不理也就罷了，可是自己跪在街上，他們又不說起來，這不是要人命嗎？雖是暖春，可是一到夜裏，在這空曠的街道，又跪在冰冷的青石板上，冷風嗖嗖吹來，真真是要了人的命。

正僵持著，總算又來了一隊人，卻是東宮那邊的，原來東宮左等右等不見太子殿下回來，便派人尋找，後來聽了消息，主事太監二話不說，立即帶著一干人殺氣騰騰的來了。平素太子一向低調，可是也不代表好欺負，做奴才的才不管對方是誰，至少要在太子爺面前顯顯自己的忠心才好。

趙恆聽到有人來了，便叫主事太監的名兒：「陳瑞，帶了酒來嗎？」

趙恆身子骨本來就有點弱，坐在馬車裏雖然能避風，卻還是覺得冷冰冰的，再加上沒吃晚飯，心裏便巴望著能有口酒喝，驅驅寒氣。

主事太監陳瑞愕然，道：「殿下，奴才這就回去取如何？」

趙恆一時氣悶，只好道：「罷了，在一旁候著。」

陳瑞猶豫了一下，道：「要不要和平西王交涉一下？」

趙恆拉下臉，在馬車中冷聲道：「哪有東宮給親王交涉的道理，要交涉，也是他平西王來。」

出大事了！好端端的，平西王居然和太子卯足了勁的在街道上對峙，為的不過是爭個車道，這在許多人看來，實在是一件匪夷所思的事。

其實但凡是朝中的大老心裏都明白，他們爭得哪裡是個車道，是擺明自己的態度，太子和平西王不和的傳聞早就有之，許多官員也都蛇鼠兩端，一面想巴結未來的國君，一面又不願意得罪如日中天的平西王。現在態度擺出來，最著急的反而是那些左右搖擺的牆頭草。

其他的朝官可以當做什麼事都沒有發生，可是李邦彥聽到了音信，整個人猶如受驚的山貓，不禁霍然而起，道：「什麼時候的事？」

「一個時辰之前，現在還在對峙，京兆府去了人，結果無濟於事，宮裏也遞不進消息。」

李邦彥捋著鬚，愁眉不展，換做是從前，他或許還會有幾分看好戲的閒心，可是這時候，他反倒爲難了。出了這麼大的事，若是自己躲在府裏，不說朝廷裏交代不過去，太子那邊只怕也會滋生怨恨。

如今的李邦彥成了孤家寡人，早就有了投靠太子的心思，也正是因爲如此，他已經再三向太子示好過了。可是示好沒有用，眼下若是沒有行動，人家就算這時候利用你，等有朝一日太子登基，照樣還是收拾你。可要是去了，又要直面平西王。如今李邦彥見了沈傲猶如老鼠見了貓，一想到待會兒要去和沈傲對峙，他心裏頭就有些發虛。

李邦彥搖搖頭，長嘆了口氣，問：「吏部尚書程江爲什麼沒有消息？他是太子的心腹，難道這時候在一邊看熱鬧嗎？」

「程大人已經出門了……」

李邦彥一臉嚴肅的靠在椅上，陷入沉思。吏部尚書都去了，他這個門下令若是不去，實在有點說不過去。他吁了口氣，沉著臉道：「衛郡公那些人呢？」

「衛郡公也坐轎子出來，連晉王那邊也有動靜。」

李邦彥霍然而起，道：「去，現在就去，立即叫人準備轎子，選最好的轎夫，不要耽誤。」

果然沒有料錯！太子和平西王表面上是因為小事而爭執，其實真正的目的和鄭家門富並沒有什麼區別，就是要讓一些左右搖擺的人浮出水面來，讓人知道，汴京兩宮之爭，已經不再是小打小鬧了。

他快步從廳中出去，幾乎是跑著到門房。心裏還在想，這時候攤牌，卻又為了什麼？太子如今好不容易搬到了東宮，也開始嘗試接觸國政。應當說，這個時節，太子應當低調才是。太子最大的優勢就是時間，時間拖得越久，對太子越有利，有朝一日，這天下將來還不是太子的？可是這時候與平西王撕破臉，對太子有什麼好處？

李邦彥心亂如麻的上了轎，思路也豁然開朗起來。方才他想的也對也不對。按常理，太子確實有這時間，可是眼下不同，平西王的權勢太大了，大到連太子的儲位都到了朝夕難保的地步，若是再不遏制，所謂的時間都是空話，將來定鼎天下的，未必就是東宮。所以他一定要鬧，不鬧是死，鬧還有火中取栗的機會。而且……

坐在轎子裏，李邦彥彷彿一下子洞悉了太子的想法，平西王與太子在街道對峙，清議會如何？天下會怎麼議論？堂堂東宮，居然被平西王這般折辱，清流一定會毫不猶豫的站在太子這邊，太子代表的是名正言順，平西王代表的是權勢，太子是要引起滿朝和天下人的同情。李邦彥心裏不由嘆了口氣，太子果然老練了許多。

不過，李邦彥這時候又有些疑惑，平西王所圖的又是什麼？他如今如日中天，就算是要暗中易儲，也不必將這事擺到前臺來，當街與太子對峙，難道他就真的不怕天下人的非議？

李邦彥一頭霧水，捉摸不透平西王的想法，不過有一點可以肯定，這一趟，趙佶一定帶有目的，要嘛是早有預謀，要嘛就是心血來潮，不管怎麼說，一定有所圖。

轎子飛快到了事發的地點，這裏已經來了不少人，李邦彥下轎時，便看到了程江。程江和他使了個眼色，李邦彥走近，看著兩輛密不透風的馬車，低聲道：

「太子殿下受委屈了，平西王這般膽大包天，實在令人沒有想到，程大人，眼下還是僵持不下嗎？」

程江眼睛一動不動的看向太子的車駕，慢悠悠的道：「人心不古，世風日下，如今連天潢貴胄的儲君都可以任人奚落了。」

李邦彥看到對面衛郡公幾個人的身影，道：「我上去說話。」

程江輕輕扯扯他：「先看看再說。」

李邦彥方才之所以自告奮勇，就是已經猜測出了太子的居心，太子這是故意要找點苦頭吃，要讓人看到太子的落魄。所以才要上去，做出一個姿態，這時候，程江怕李邦彥不明就裏，將他攔住，李邦彥便順勢嘆口氣：

「事情怎麼會糟糕到這個地步，只可惜老夫不過是個門下令，看上去光鮮，卻不能爲太子排憂，實在汗顏得很。」

程江低聲道：「這場官司打定了，李門下，明日肯聯名上奏嗎？」

李邦彥心裏發虛，卻正色道：「有何不敢！」

二人說了幾句閒話，突然發覺對面的馬車裏，沈傲掀開簾子從車轅處下來。

沈傲今日穿的是絲綢藍彩的儒衫，在燈火之下，顯得很是醒目，他俊俏的臉上保持著一股捉摸不定的笑容，負著手，爽朗一笑：「月色如勾，難得太子殿下有這雅興。」

夜風吹得沈傲的袖擺獵獵作響，他聲音還算中氣十足，語氣之中沒有不悅，像是和太子話家常一樣。

程江見狀，立即快步來到太子的馬車邊，李邦彥亦快步趕上。

太子掀了簾子出來，臉色有些鐵青，可是精神尚好，由程江、李邦彥扶著下了車，淡淡道：「平西王，你好大的威風。」

沈傲保持著笑容，不以爲忤的撇撇嘴，目光卻落在李邦彥身上，驚奇道：「連李門下也來了？」

李邦彥道：「君臣有別，太子是儲君，儲君遭人戲弄，身爲人臣自然該來。」

沈傲聽出李邦彥拐著彎罵自己不是人臣的意思，哂然一笑，道：「本王心裏只有一個君，那便是當今皇上，倒是想問問，李門下心中有幾個君？」

天無二日，國無二主，大宋朝當然只有一個君，儲君雖然有個君字，可是這區別實在太大，李邦彥總不能說自己效忠儲君，只好道：

「天下只有一個陛下，可是儲君與陛下同出一體，身體髮膚皆是一脈……」

「閉嘴！」沈傲沒有閒工夫和他辯論。在他要長篇大論的時候大喝了一聲。

李邦彥臉色一變，沈傲今日實在是囂張到了極點，居然在太子面前對當朝首輔大聲呵斥。他滿肚子的怒火升起來，道：「殿下莫要忘了自己的身分！」

趙恆冷哼道：「平西王，你太放肆了。」

程江接口道：「明日本官一定稟明聖上，倒要看看平西王在御前是否還有今日這般咄咄逼人。」

石英、姜敏、曾文、周正幾個也靠過來，石英捋鬚呵呵笑道：「是什麼事還要鬧到陛下那兒去，臣下之間有些吵鬧是常有的事，鬧到御前，豈不是令君父著惱？」

石英的話誰都聽得出來，意思是：不管是太子還是平西王都是臣下，誰也別來擺譜。

趙恆聽了，氣得眼睛都紅了，這太子實在太憋屈。石英次女是三皇子的王妃，這三皇子和石英早就同謀，如今又拉了平西王，讓他的地位越來越加窘迫，可是石英的話他又不能反駁，他趙恆也確實是臣下，就算地位再尊貴，也是人臣，他今日若說一個不字，明日說不定就要傳入宮去。因此趙恆拼命忍住怒火，只是微不可聞的冷哼一聲。

沈傲皺眉道：「說這麼多做什麼，路只有一條，本王要回家，太子是讓還是不讓？」

趙恆冷笑：「本宮若是讓了，這天潢貴胄四個字豈不是變得一錢不值？」

沈傲按住了腰間的御劍，道：「尚方寶劍在此，殿下也不讓嗎？」

李邦彥道：「太子殿下是天潢貴胄，尚方寶劍又如何？」

沈傲繃著臉，冷笑道：「不能如何，不過陛下曾經說過，見此劍者，如朕親臨而已。」

趙恆微微有些色變，不禁朝程江看了一眼，程江漫不經心的道：「平西王這是假傳聖意來欺負太子殿下了？」

沈傲毫不客氣的道：「你猜對了，就是欺負你的主子！」

程江從前吃過沈傲的虧，一看沈傲又露出凶相，知道眼下騎虎難下，只好拂袖冷哼道：「好個平西王，明日本官定要參你！」

李邦彥附和道：「殿下明日聽參吧。」

沈傲露出猙獰之色，道：「少在本王耳邊鼓噪，快快讓開，若是不讓，可莫怪本王無禮了。」

「一。」沈傲報出了一個數字，手已經搭在了尙方寶劍的劍柄上。

趙恆的臉色驟變，不禁道：「你……你放肆……」

「二……」沈傲冰冷的聲音從口中發出來，連空氣都開始緊張了。

李邦彥畢竟是個圓滑透頂的人，心知這平西王做事一向不計後果，便朝趙恆道：「殿下，君子不立危牆，今日且避一避，看他張狂到幾時。」

趙恆本還拿不定主意，見李邦彥這麼說，也打起了退堂鼓，平西王可是殺過皇子的，真要動起強來，吃虧的一定是自己。他咬牙切齒的道：「好，平西王，本宮謹記你今夜的教誨了！」拂袖回到馬車，道：「走！」

馬車轟隆隆的朝道路的側邊過去，王府的侍衛們一臉鐵青，灰溜溜的打馬跟上前，程江和李邦彥也各自上了轎子，尾隨過去。

沈傲佇立在這空蕩蕩的街上，周正在旁苦笑道：「這個時節，和太子鬧這麼一齣做什麼，今夜這件事，只怕不會善了。」

沈傲毫不在意的撇撇嘴，笑道：「就是不能善了才好，今日月色不錯，不如到王府來小酌幾杯如何？」

石英無奈的點點頭，道：「罷罷罷！今朝有酒今朝醉吧。」

沈傲不禁笑起來：「倒像是明日沒有酒一樣。」眼睛落向曾文：「曾大人的酒量一向好得很，敢不敢和本王拼一拼？」

曾文道：「就怕殿下吃不消！」

沈傲哈哈一笑，回到車上去，大家也各自回轎，沈傲的聲音在皎潔的月色下傳開：「回家！」

# 第一四一章 興師問罪

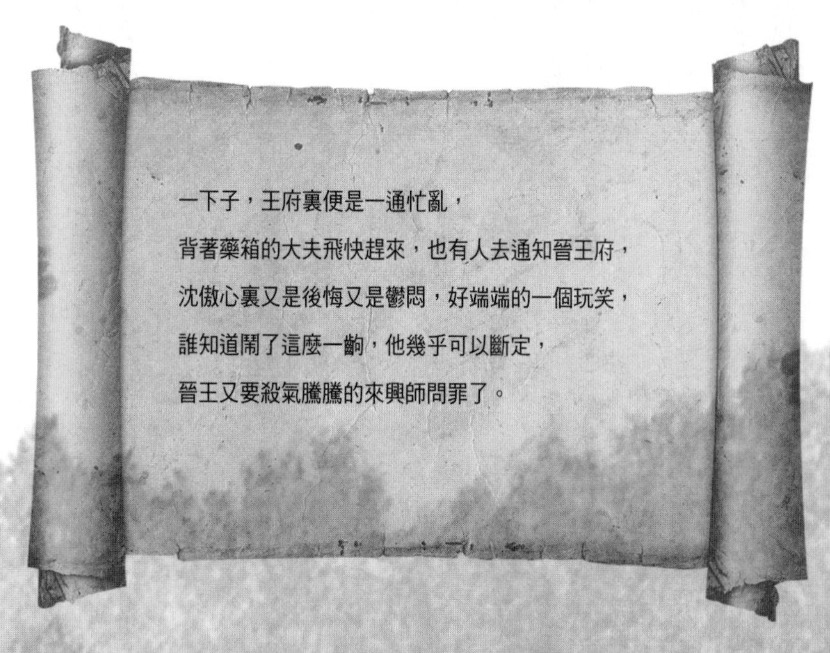

一下子，王府裏便是一通忙亂，
背著藥箱的大夫飛快趕來，也有人去通知晉王府，
沈傲心裏又是後悔又是鬱悶，好端端的一個玩笑，
誰知道鬧了這麼一齣，他幾乎可以斷定，
晉王又要殺氣騰騰的來興師問罪了。

子夜的東宮，出奇的燈火通明，宮女內侍們這時都不敢睡，腳不沾地的掌燈、遞水，太子妃也是坐臥不安的樣子，幸好太子的車駕總算回來，剛要出去相迎，才知道不止是太子回來，身爲女眷，又不得不回到後苑去。

趙恆氣呼呼的穿過中門，一路到了養德殿，一個內侍遞來了銅盆，請太子淨手，趙恆雙手一揚，將銅盆打翻在地，盆裏的水潑得到處都是。嚇得這內侍臉色慘白的立即跪下，口裏求饒。

隨即追來的東宮主事陳瑞扯著嗓子道：「你先下去，太子有事要和兩位大人商量。」

內侍如蒙大赦，飛快去了。

程江和李邦彥二人追了上來，二人腳步匆匆，神色也不太好，腳步還未停穩，就聽趙恆怒氣沖沖的道：「聽到姓沈的怎麼說嗎?他居然敢拿劍威脅本宮，本宮是陛下嫡親血脈，天潢貴胄，貴不可言，如今卻要給一個外姓讓道，哼……人間何世，難道是要變天了?」

程江和李邦彥都是面面相覷，太子的心情他們不是不瞭解，可是這時候發脾氣也無濟於事，程江道：「沈傲驕橫慣了，仗著宮中寵幸，實在是太放肆了一些。」

李邦彥道：「不能再姑息養奸了，不過平西王深得聖眷，又權勢滔天，只怕便是太子，也不是他的對手。」

趙恆冷笑道：「本宮會怕他？」

李邦彥淡淡笑道：「並不是說殿下怕他，只是眼下殿下還是潛龍，當務之急，還是以靜待變要緊。」

程江卻是若有所思道：「不能再等了，這般等下去，天下只知有平西王，不知有東宮，陛下信任他，若是他花言巧語，巧言令色，對陛下進讒，陛下偏聽偏信，東宮能否保全都是未知之數。如今東宮與平西王已經撕破了面皮，到了這個地步，難道還能指望他平西王大發善心，不從中作梗？東宮在一日，就不能與平西王共存，這個道理，李門下難道會不知道？」

李邦彥默然，程江的話也不是沒有道理，臉皮既然已經撕破，他就不信沈傲不會怕，將來有朝一日，東宮繼承大統，第一個要殺頭的就是平西王。沈傲不是鄉野樵夫，當然知道絕不能讓東宮繼承大統的道理。

趙恆臉色又青又白，道：「可有辦法嗎？」

程江沉默了一下，道：「驚動天下，朝廷才會知道殿下的冤屈，不如……」

趙恆抬起眸來，喉結滾動了幾下，顯得有些緊張，道：「就怕惹禍上身。」

程江正色道：「蔡京姑息，結果如何？難道殿下還想周旋下去？」

程江道：「現在唯一的辦法，就是將今夜之事傳遍天下，老夫再領個頭上疏彈劾，老夫不信，這天下之人會容忍一個平西王欺負到東宮頭上，只要有人起頭，必然能群起響應。更何況……」他瞥了一眼李邦彥，淡淡道：「李門下以爲呢？」

李邦彥心裏叫苦，他們要拚命，可是自己的命現在還懸著呢。可是話說回來，他投誠於太子，若是不做出點樣子來，也難以成爲太子的心腹。

李邦彥猶豫一下，正色道：「老夫奉陪到底，老夫身爲首輔，豈能讓程大人領這個頭，這件事就讓老夫做馬前卒吧，門下省這邊先上奏疏，程大人再來壓陣。」

程江心裏頗有點酸酸的，這件事辦得好了，就是從龍大功，就算辦不成，宮裏也不會怪罪，這樣的好事，李邦彥當然搶著做。他心裏略有幾分不爽，可是念及對方的身分，不得不點頭道：「有李門下親自出馬，這事就好說了。」

趙恆見他們爭先恐後，倒也激起了幾分雄心，方才的話，趙恆不是不明白，事到如今只能魚死網破了。自己手裏頭，一個首輔，一個吏部尚書，這都是王牌，只要二人肯做個表率，能不能將死沈傲不知道，至少也要出了這口氣才是。

他叫人拿了茶來，整個人顯得平靜了許多，喝了口茶，淡淡的道：「平西王拿下鄭家，你們知道是什麼緣故嗎？」

程江道：「請殿下示下。」

趙恆淡淡一笑，道：「就是因為造成了聲勢，當著全天下的面，當著滿朝文武的面，公佈了鄭家的罪狀，父皇就是有心維護鄭家，卻也已經遲了。其實這平西王也是一樣，不到滿城風雨，不到罪證確鑿的地步，是萬萬不能動手的。」

聽趙恆這麼一說，李邦彥不禁想起了什麼，道：「門下省倒是接到一些消息，說是平西王府近來招募了不少人，全都是精壯之士，數以千計，如今平西王將他們贍養在城郊，不知那沈傲做什麼打算。」

程江眼眸放光，興奮的道：「這件事老夫也有耳聞，確有其事，而且出面招募的人可知道是誰？」

趙恆不禁道：「程大人何必賣關子。」

程江道：「陳濟！」

李邦彥不禁道：「原來是他，就是當年彈劾陛下和蔡京，被陛下罷了官的陳濟？對了，陳濟確實是平西王家的入幕之賓，這個人陛下一向不喜歡，就是在三個月前，還聽陛下說起過。」

趙恆道：「陛下怎麼說？」

李邦彥道：「此人以直取名，嘩眾取寵，外相忠厚，實則內藏奸詐。還說這時候想起來，心實恨之，若不是他如今做了平西王的老師，非要再問罪不可。」

趙恆點點頭，陳濟這個人實在是傷得父皇太深，父皇一向好大喜功，而且那時正當壯年，對豐亨豫大如癡如醉，那陳濟卻上一道奏疏，把趙佶罵了個狗血淋頭，想不到直到現在，父皇還耿耿於懷。

李邦彥闔著眼睛道：「是陳濟就好辦，他奉平西王的命令招募這麼多人，閒養在城郊做什麼？」

趙恆默默的坐在椅上發呆，想了片刻，道：「難道所圖甚大？」

「這也未必不是用來對付殿下的後著。」程江插了一句嘴。

趙恆徐徐點頭，道：「這件事讓人先去查一下。」隨即向李邦彥道：「先查明白了，再動手不遲。」

李邦彥頷首點頭道：「殿下放心，這事要查也容易，這麼多人肯定會有蛛絲馬跡。」

趙恆顯得又累又餓，叫人拿了一些糕點來，讓李邦彥、程江二人陪著食用，一面道：「趁著這個功夫，程大人，你也不要閒著，今夜之事，本宮要讓天下人都知道。」

程江笑呵呵的道：「這個好說，叫幾個人去諮議局鼓噪幾下就是。」

用過了糕點，趙恆搖頭嘆息道：「本宮做了這麼多年的太子，受點委屈倒也罷了，可是今日被平西王這般折辱，這口氣一定不能咽下去，是成是敗，全憑二位大人了。」

說罷要向李邦彥、程江行禮。

李邦彥和程江嚇了一跳，連忙攔住。程江道：「陛下不必喪氣。」李邦彥則說：「殿下稍稍忍耐，總有撥雲見日的一日。」

趙恆方才那句話，實在是推心置腹到了極點，等於是完全將二人當做心腹看待了。李邦彥這時反而鬆了口氣，不管怎麼說，此事雖然讓他冒出一身冷汗，卻也讓他因禍得福。

三人又寒暄了一陣，程江和李邦彥才告辭出去，趙恆親自將他們送到宮門，再三囑咐：「今夜之事，不可教人知道，異日若有富貴，定湧泉相報。」

程江二人坐了轎子走了，等李邦彥回到府邸時，已經到了夜半三更，方才坐轎子時他呵欠連連，可是一落地，又精神起來。今夜發生的事太多，讓他一時還沒有消化乾淨。平西王突然和太子撕破了臉，使得他根本就沒有選擇的機會，就算再不情願，這個東宮的馬前卒他也不得不做。

他到了大廳裏，沉默了一盞茶功夫，才叫人道：「去，把胡力叫來。」

胡力是李家外宅的主事，老爺不回來，他也不敢睡，所以一直撐著眼等著，聽到老爺回來了，沒叫他，立即去睡了，結果才剛剛躺下又被叫醒，急匆匆的趕過來。

李邦彥朝他努努嘴：「來，坐下說話。」

胡力顯得有點受寵若驚，連忙欠身尋了個位置坐下，道：「老爺有什麼吩咐？」

李邦彥吁了口氣道：「叫你來，確實有件事叫你去辦。平西王府到處在招募人手的事，你知道不知道？」

胡力毫不猶豫的道：「知道，前些日子，老夫人不是說外宅缺幾個做力氣活的嗎？便教小人去招募幾個，誰知道一連幾日都尋不到精壯的漢子，後來打聽之後才知道平西王府也在找人，月銀五貫呢，這滿汴京的閒漢，哪個不眼紅，所以老夫人交代的事倒是沒有人問津了。」

李邦彥耐著性子聽著胡力的閒話，慢吞吞的道：「你去把平西王府招募人手的事打探明白，爲什麼招募，招募來做什麼？老夫給你兩天時間，兩天之後將消息報來。」

胡力不敢怠慢，連忙道：「是。」

一夜宿醉，醒來時，腦子嗡嗡的響，睜眼時，香榻上只有孤零零的一人，沈傲趿鞋起來，推開窗，才現此時已是日上三竿，炙熱的光線讓他眼睛茫茫一片。

對，昨天夜裏和人喝了酒，好像還喝了不少，不過，最後是誰先趴下的？他抿抿嘴，又想起昨天夜裏的事，不禁嘆氣搖頭，太壞了，差點打了太子，這事兒肯定不會善罷甘休。

他故作懊惱的樣子，嘻嘻笑著從房中出來。

後宅的房子類似於後世的四合院格式，八個廂房圍著一塊方正的空地，空地上有假山、人造溪水，暖春盛放的鮮花香氣四溢。

遠遠可以看到幾個俏生生的人影在石亭中張羅什麼，沈傲信步過去，不禁笑道：「嘰嘰喳喳的做什麼，咦，原來紫蘅也來了。」

與安寧在一起端著糕點的人，不是趙紫蘅是誰?!趙紫蘅再不像從前一樣，四處惹是生非，這兩年正經了不少，今日她披著一件大朵牡丹翠綠煙紗碧霞羅衣，膝下是拖地粉色水仙散花綠葉裙，低垂的鬢上斜插著珍珠碧玉簪子，臉上帶著一股化不開的紅暈。

見了沈傲，那微微翹起的鼻子便不禁抬起來，道：「我爲什麼不能來，我來看安寧姐姐，與你有什麼干係?」

沈傲噢了一聲，便不去理她，向安寧道：「宮裏還沒把駿兒放出來?」

安寧也是心情鬱鬱，生了孩子卻不能相見，還要入宮才能看上幾眼，難免有些黯然。她將糕點端到石桌上，道：「打發人去問過了，說過陣子就回來住幾日。」

石桌上已經琳琅滿目的放了許多糕點，茶也沏好了，周若坐在石凳上，用手支著下巴，道：「我餓了，日上三竿才起床，害得我們現在還沒有果腹呢。」

蓁蓁坐在周若身側，輕輕笑道：「叫你先吃一點的，現在又叫餓。」

沈傲拍拍自己腦袋，笑道：「這麼說還是我的不是了。」說罷便坐上石桌，道：「這就用早餐吧。」

眾女紛紛坐下。沈傲拿了一個糕點，眾女才開始舉筷。

沈傲這時很有幾分一家之主的感覺，一邊說著閒話，一邊吃糕點喝茶，忍不住問唐茉兒道：「為什麼你爹這幾日都不來府上走動了？」

唐茉兒笑道：「這幾日不恰好是年初嗎？監生快要入學了，自然忙得腳不沾地。」

「那就叫唐夫人多來坐坐。」

趙紫蘅在旁氣鼓鼓的道：「我是客人，為什麼不理我？」

沈傲心裏不禁搖頭，還以為趙紫蘅變成熟了，誰知道江山易改本性難移，便不禁道：「你自己說是來看望安寧的，又不是我的客人。」

趙紫蘅眼睛紅彤彤的，放下握著的茶盞，咬著唇，沈傲見她這樣，又去勸她：「開玩笑的，紫蘅多吃一些，多長點肉才好。」眼睛不禁瞄向紫蘅的胸脯。

趙紫蘅不明就裏，回道：「我才不要長這麼多肉，又不做楊貴妃。」

沈傲心想，就算長得不像，至少身材要像。可是這句話如何說得出口，只好道：「我們來比誰吃的糕果多好不好？」

趙紫蘅居然學了沈傲的口頭禪，道：「賭注是什麼？」

沈傲板起臉道：「君子之交淡如水，開口閉口都是賭注像什麼話。」

趙紫蘅握緊粉拳，咬牙切齒的道：「我一定贏你。」

趙紫蘅此時戰意盎然，將沈傲從前捉弄她的一幕幕往事，走馬燈似的在小腦袋裏過了一遍，心想，太可惡了，一定要贏他。她站起來，拉起裙裾，一腳踏在石凳上，露出一截粉藕色的玉腿。

沈傲看得目瞪口呆，霎時感覺到許多雙殺人的眼睛朝自己看過來，立即將眼睛別開，深吸一口氣道：「本王吃遍天下無敵手，此嘴乃天下利器，嘴長一寸三釐。」

周若笑吟吟的拍手道：「好嘴。」

沈傲得意洋洋的站起來叉著手，道：「的確是好嘴。」眼睛挑釁的看向趙紫蘅。

趙紫蘅也叉著手，眼睛彷彿要噴出火來：「本郡主人稱大肚郡主，嘴長九釐。」她的聲音越說越低，好像沒什麼自信，吃飯的傢伙就比沈傲差了那麼一點點，實在有點難以見人。

安寧卻給她助威：「紫蘅小時候最好吃的，一定勝券在握。」

紫蘅聽安寧這麼說，不自覺的挺起鼓鼓的胸脯，道：「現在開始嗎？」

「開始！」沈傲毅然的先喝了一口茶，撿起第一塊糕點吞入腹中。

從速度上，沈傲快了許多，頃刻功夫便將六七塊糕點下肚。一下子吞了這麼多食物，沈傲有點吃不消了，直接提著茶壺，很是不雅的對嘴猛灌，大口大口喘氣。反觀趙紫蘅，卻是不疾不徐，雖然只吃了三塊，卻勝在穩健。

等到她吃第六塊時，沈傲已經吃不消了，呼哧呼哧的喘氣，雙手一攤，道：「我吃了九塊！你若是能吃十塊便算你勝。」

「好！」趙紫蘅氣呼呼的道，將第七塊糕點拿起來。安寧在一旁道：「不要和他賭氣，實在不行，認輸了沒人笑你。」

沈傲卻是唯恐天下不亂，大叫道：「她們不笑，我笑你。」

趙紫蘅咬牙切齒道：「我一定不會輸給你。」強撐著又吃了五塊，總共吃了十一塊，才停下喝了口茶，道：「我贏了！」

沈傲呵呵一笑：「是，紫蘅贏了，紫蘅真了不起。」

趙紫蘅得意洋洋的道：「那是自然。」

眾女都笑，她們胃口本就不大，興致盎然的看二人比試。

周若朝紫蘅道：「吃了這麼多糕點要不要緊？」

趙紫蘅豪氣萬丈的一隻腳仍踏在石凳上，滿不在乎的道：「這有什麼，莫說是十一塊，便是再來十塊八塊也不打緊。」

沈傲大叫道：「壯哉！我清河郡主！」

趙紫蘅瞪著他：「然後呢？」

沈傲搖頭：「沒有然後了，用完了早飯，還有什麼然後？」

趙紫蘅覺得很無趣，方才一心想贏，現在才發現贏了也沒什麼意思，便道：「真沒意思。」

沈傲眼中露出狡黠，道：「今日我恰好有閒，不如待會兒我們出去走一走，去城郊吧，城郊有個大相國寺，一起去上上香，恭祝清河郡主多長幾斤肉。」

唐茉兒眼中掠過一絲喜色，道：「怎麼？夫君今日有空閒嗎？」

見眾女期盼的看著自己，沈傲心裏生出一點虧欠，呵呵笑道：「莫說是今天，這幾日都沒有事，不去宮裏，武備學堂也不去，閉門謝客，誰也不理，關起門來自得其樂。」

周若歡呼道：「現在就去叫人準備車馬，去大相國寺！」

蓁蓁道：「這大相國寺我從前去過，今日我領頭。」

沈傲眼睛落在安寧身上，怕她剛剛生產身體虛弱，便道：「安寧若是身體不適，就在家裏歇一歇吧，讓紫蘅陪你。」

安寧輕輕笑道：「這怎麼成，不妨事的。」

趙紫蘅低聲對安寧道：「安寧姐姐，他這是故意想將你支開，好和她們如魚得水。」

安寧卻是輕笑道：「只是出去玩玩，哪裡有這麼多居心，紫蘅也一道去吧。」

趙紫蘅猶豫了一下，點了點頭：「我要和安寧同車！」

可是她準備要動一下的時候，眼中卻突然迸出淚來，道：「唉喲！」捂著肚子蹲了下去，道：「我肚子疼。」

「不會吧。」沈傲腦門滲出豆大的冷汗，這罪過可大了，只是吃糕點而已，便用不相信的口吻道。

安寧和唐茉兒攙住趙紫蘅道：「要不要緊？」蓁蓁道：「快去叫大夫來。」

一下子，王府裏便是一通忙亂，背著藥箱的大夫飛快趕來，也有人去通知晉王府，沈傲心裏又是後悔又是鬱悶，好端端的一個玩笑，誰知道鬧了這麼一齣，他幾乎可以斷定，晉王又要殺氣騰騰的來興師問罪了。

「大相國寺只怕是去不成了。」沈傲無奈，對一旁的周若道。

周若嗔怒道：「這個時候你還有閒心去想大相國寺?!」

到了正午，晉王府的車馬來了，晉王心急火燎地率先衝進來，晉王妃憂心忡忡地在小婢的攙扶下尾隨在後。

二人一前一後，一路到了平西王府的後宅。後宅空蕩蕩的，一個人影都沒有，晉王一下子像癟了的皮球，赤紅著眼睛，喃喃道：「人都死哪兒去了？」

晉王妃趕上來道：「你看廂房裏像是有什麼動靜，八成就在那兒了。」

趙宗抬腿朝東廂過去，原本想斯文地敲門，隨即又想，本王是來興師問罪的，敲門做什麼？想罷，臨門一腳，狠狠地踹下去。身後的晉王妃傳出驚呼，加快蓮步追了上去。

晉王妃原以為趙宗衝進去會和沈傲扭打在一起，原想上前去拉他，誰知一點動靜都沒有，於是心裏忍不住好奇，一看，也有點兒呆住了。

沈傲站在書案邊，背著手，憤怒地看著趙宗。趙宗眼睛瞪得比銅鈴還要大，難以置信地看著眼前的一幕。

原來趙紫蘅並不如想像中的那樣躺在病榻上，而是提著筆，筆尖下還滴淌著墨汁，也是瞪大著眼睛，與趙宗對視。

趙宗咳嗽了一聲，很尷尬地道：「紫蘅……你……」

趙紫蘅的手還提著毛筆，僵住不動，過了很久才期期艾艾地道：「爹，我……我……」

沈傲憤怒地叉著手，道：「你什麼？我從蜀地運來的檀木門就這樣被拆了，晉王，這筆賬怎麼算？」

趙宗的喉結滾動了一下，吞了口口水，道：「還要算賬啊？」

趙宗也覺得說出這句話有點不太好意思，於是裝腔作勢地怒喝道：「你還敢和本王算賬？本王倒要和你算賬呢，你把紫蘅怎麼了？」

沈傲看了看趙紫蘅，搖搖頭道：「紫蘅一定要纏著我教她作畫，你看，筆墨紙硯都準備好了，結果你便破門而入，這是什麼緣故？」

趙宗不禁道：「不是說病了嗎？」

趙紫蘅咬牙切齒地道：「誰說我病了？他才病了！」

趙宗大是鬱悶，也不知是喜是憂，喜的是趙紫蘅沒病就好，可是眼下沈傲的態度，他難得的自知理虧，一時也不知如何是好了。

晉王妃淡淡笑道：「方才聽平西王府的人來說紫蘅病了，誰知道竟是假的，這事平西王一定要好好查一查，是不是王府裏哪個下人沒有規矩？」

還是晉王妃聰明，三言兩語便由把責任推到平西王府上頭，就算是鬧出了誤會，那也是王府的下人不守規矩，與他們何干？

趙宗立即來了精神，道：「對，是哪個該死的傢伙胡亂報信？本王一定要打斷他的腿！」

沈傲搖搖頭，趙紫蘅所謂的病，無非是吃撐了，吐出些吃下的糕點也就沒事了。

晉王妃見眾人尷尬的樣子，抿嘴笑道：「來了就是客，平西王不請我們坐一坐嗎？」

沈傲大是汗顏，叫人收拾了廳堂，領著未來的丈人和丈母娘到了正廳就坐，又叫人斟茶倒水，趙紫蘅已經一溜煙的不知跑到哪兒去了。

剛坐定，晉王妃柳眉微蹙，淡淡地道：「王府外頭都已經炸開了鍋，殿下還有這閒工夫教紫蘅作畫？」

沈傲不禁道：「什麼事這麼熱鬧？」

趙宗忍不住道：「當然是昨天夜裏你和太子的事，不止是諮議局，還有市井，就是許多家周刊都在議論此事。」

自從邃雅周刊發行後，汴京城已經不知有多少家周刊冒出來，不過限於財力和影響，自然不能和邃雅周刊相比，不過，各家周刊也算是代表著輿論的風向，一旦各大周刊熱議此事，天下就免不得要沸騰一下。尋常的百姓，本就是最喜好探聽各種秘聞的，尤其是平西王和太子的故事，自然足以吊起大家胃口。

沈傲不禁道：「其他周刊也登了？」心想，這種令人忌諱莫深，涉及到大宋雲端的人暗中使力。

事，尋常的周刊一般是不敢登載的，偏偏這時卻大張旗鼓的登出來，只怕在背後一定有人暗中使力。

晉王妃嘆了口氣，道：「紫薇既許了你，咱們這做爹娘的，就指望你們將來能安生的過日子，如今又鬧出這種事來，真叫人揪心得很。這件事你就一點耳聞也沒有嗎？實話和你說了吧，不止是周刊，諮議局那兒都已經有人去撞柱子了。」

趙宗道：「說起來也是笑死人，幾個書生議論此事，說得口乾舌燥，不知是哪根筋不對，直接抱著柱子就去撞，頭都破了。」他的表情又變得嚴肅起來，繼續道：「不管怎麼說，太子是儲君，便是本王見了他，也要讓一讓他，你等著瞧吧，這件事沒這麼輕易過去，現在全天下人都說你太狂妄了，看你怎麼辦。」

沈傲喝了口茶，只是淡淡地道：「放心就是，我自有主張。」

趙宗眼睛一瞪：「你當然自有主張，現在整個朝野都在準備奏疏彈劾你，你別以為有母后保你，到了那時候，誰敢冒天下之大不韙，和天下的清議輿論作對？」

晉王妃也道：「倒不如就讓晉王做個引子，和你一道去東宮送些禮物，賠個罪就是。太子就是和你再怎麼不睦，把面子上的事做足了，他也挑不出什麼錯來，到時他再要糾纏，有理也變成沒理了。」

趙宗一下子變得尷尬起來，朝王妃道：「他去道歉為何要拉上我？這種丟人現眼的事，我是不做的，我堂堂晉王是什麼人？不去，不去。」

晉王妃的臉色一下子寒了下去，趙宗眼睛中的堅冰立即融化，帶著討好的口氣道：「不過爲了沈傲，去去也無妨，哈哈……」

沈傲卻道：「多謝王爺、王妃美意，不過，賠禮道歉這種事還是罷了吧。」他心裏想，如果他們知道自己是故意要挑起這場風波的，只怕非要宰了自己不可。

晉王妃不見喜怒地道：「既然你這般說，該勸的本宮也勸了，罷了吧。」說罷又道：「爲何不見安寧她們？」

沈傲心裏大是鬆了一口氣，道：「我叫人去請她們來。」

接著女眷們便去後宅裏閒聊，沈傲則與晉王二人在外頭說話。

趙宗朝沈傲翹起拇指，道：「好漢子，你若是去賠了禮，本王還真要看不起你了，男兒就當如此。」

沈傲大是汗顏，道：「承讓，承讓。」

趙宗繼續道：「依我看，現在你應該立即入宮，先去和陛下透透風，只要宮裏頭不動，太子也拿你沒辦法。實在不成，我拉下這張老臉去爲你遊說就是。」

沈傲心想，讓你去說，沒事都會變得有事！又不好拒絕，只好正色道：「我做人光明磊落，有什麼好去說的？讓他們放馬過來。」

趙宗暫態石化，激動地道：「大丈夫當如是也。」

沈傲心裏卻是鄙視道：「鬼才做大丈夫，本王靠的是智商，智商懂不懂！」

二人說了一會兒話，晉王妃帶著趙紫蘅從後院裏出來，準備要打道回府了，趙宗朝沈傲擠擠眼，道：「好自爲之。」說罷，灰溜溜地隨著晉王妃回去。

# 第一四二章 意氣之爭

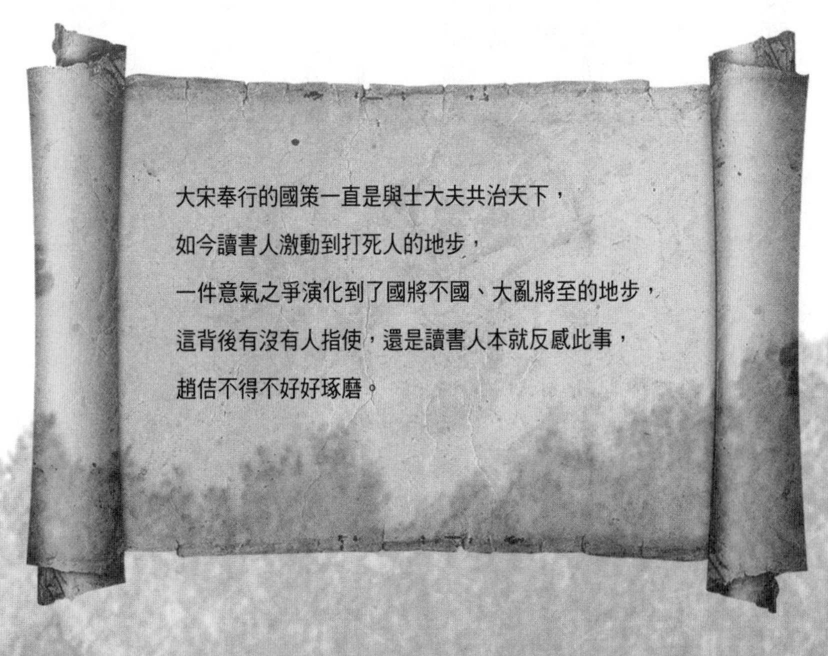

大宋奉行的國策一直是與士大夫共治天下，
如今讀書人激動到打死人的地步，
一件意氣之爭演化到了國將不國、大亂將至的地步，
這背後有沒有人指使，還是讀書人本就反感此事，
趙佶不得不好好琢磨。

將晉王和王妃、趙紫蘅送出去，沈傲回到廳中。

安寧蓮步來到沈傲身邊，趁著無人的功夫，道：「外頭的清議很厲害，你就一點兒也不擔心？」

沈傲呵呵笑道：「明日我們就去大相國寺，其他的事我一概不理，不是什麼大不了的事，只當是烏鴉鼓噪就是。」

安寧蹙著眉道：「總要小心點才好，明日去大相國寺，要不要叫上紫蘅一道去？」

沈傲想了想道：「罷了，叫她去，若是中途出了什麼事，晉王他們又不肯干休了。」

安寧笑道：「到時候她肯定說我們故意要將她支開了。」

沈傲想起清早趙紫蘅的話，不禁笑起來，道：「好吧，那就叫上她，不過事先說好，讓她見了和尚不許叫禿驢。」

安寧笑得更厲害，故意嗔怒地看了他一眼，道：「紫蘅哪裡有這麼壞？」

沈傲道：「一切還是防範未然的好。」

安寧頷首道：「那就說定了，今天夜裏我們準備些糕點明早吃，夜裏再叫個人去晉王府知會紫蘅一聲。」

二人在廳中說著話，外頭恰好春兒見了，便走進來，笑道：「你們在說什麼悄悄話？」

安寧俏臉上浮出嫣紅之色，道：「只是說明日去大相國寺的事。」

春兒是剛從邃雅茶坊回來的，不禁失笑道：「大相國寺？正好邃雅茶坊也要去大相國寺談生意呢。」

沈傲問：「大相國寺和邃雅茶坊之間能有什麼生意？」

春兒緊著臉道：「大相國寺占地極大，可是僧人卻不多，所以待客的人也少，許多香客不遠千里地趕到那裏去，往往又渴又餓，大相國寺照顧不過來，結果反而香客少了，所以我便想，既然他們沒有人手，何不如我們到那兒去開一家分店？茶坊與出家人並不衝突，又可以給香客們方便，香客一多，茶坊自然也就財源滾滾，是不是？這是互利共贏的事，明日我便和大相國寺的住持去說一說。」

沈傲不禁道：「香客若是不多，大不了招募就是，兩條腿的和尚多的是。」

春兒卻搖頭道：「大相國寺和其他的寺廟不同，是汴京第一大寺，汴京的許多貴客都要去的，這些王公大臣一去，若是不小心招募了一些雞鳴狗盜之徒，豈不是要糟？所以要入大相國寺審核極嚴，不但要有鴻臚寺的認可，還要大相國寺長老們的考校。」

沈傲哂然一笑，道：「好，明日我們去散散心，順道兒談生意。」

諮議局本是沈傲倡議落成，這占地廣大的地方立即成了讀書人聚會的場所。除此之外，朝廷還設立了一個諮議局衙門，設諮議郎中，下屬三班吏目七十二人，再加上幾十個雜役，這諮議局的架子也就建起來了。

第一任諮議郎中叫藍溫，從前在京兆府裏做過一段時間，後來才升任到諮議局來。到了郎中這一級別，已經算是高官了，至少有了朝議的資格，可是藍溫卻是有苦說不出，朝廷裏好一點的衙門，如吏部、戶部，再差一點的在刑部、禮部，最差最差去欽天監也好，可是不管是哪個衙門，卻沒有諮議局更壞的了。

就是在京兆府，雖然不敢得罪王公，不過一些市井潑皮，尋常的草民百姓總算還能約束一兩下。可是在諮議局裏，這官做得實在是膽戰心驚，又實在是大失體面。

原本他這諮議郎中就是管著這些讀書人的，朝廷讓他們來說話，可不是叫他們來亂說話，尺度雖然寬了一些，卻也不能信口胡說，尤其是宮裏頭和各家王府的事，更是嚴令禁止。可是規矩是一回事，真正要辦又是另外一回事。

讀書人都是有名的人，說得難聽一些，說不準誰的恩師就是當朝的某任大員，所以這些人不但清貴，而且還特別喜歡包團，福建路和福建路的總是紮著一堆，江南路和江南路的大多數湊在一起，你挑了一個，就是捅了馬蜂窩。

可千萬別小看了這些人的能耐，真要鬧起來，把事情鬧大，最後上頭肯定是含糊著過去，各打五十大板，誰也別想討好。

所以藍溫上任的時候，心裏便想，自己只當來欽天監上任了，無爲之治，等到什麼時候朝廷想起了我，再早早脫離苦海就是。

可是很快他就發現錯了，而且大錯特錯，這些士人不但膽子大，而且還特別能戰鬥，時不時就有人大罵一通各家王公，這個如何如何，那個怎樣怎樣，罵起人來不吐髒字，最後還要補上一句「如此下去，國將不國，蒼生而何」之類的話。

藍溫坐不住了，罵王公本就犯忌諱，居然還要說一句「國將不國」，當今聖上最好的就是豐亨豫大，你這不是拆臺是什麼？某家王公談吐不雅就要亡國亡民，這是什麼話？太不像話了。於是藍溫少不得要站出來訓斥幾句。

誰知道這等於是入了狼窩，既是訓斥，總要講理，藍溫不是沒有道理，無奈何人家是一百張嘴，他只有一根舌頭，七嘴八舌，你來我往，連就事論事都不必，人家直接拐著彎罵你阿諛奉承、巧言令色。

罵不過，就只能擺官威了，只是這威風剛剛擺出來，說一句：「不怕王法嗎？」於是大家捋起了袖子，一個個像打了雞血一樣，兩眼冒著綠光，恨不得把臉伸到藍溫的巴掌下面去，還要大叫：「大人要殺要剮悉聽尊便！」

藍溫哪裡不知道他們的心思？自己要是動他們一根手指頭，多半第二天就會名聲掃地，立即會有雪花一樣的彈劾奏疏把自己形容成當朝權奸之首，不但名聲掃地，連仕途也完了。恰恰相反，被打的人反而會成爲時下汴京最耀眼的人物，說不準還要青史留名，各地鄉紳紛紛巴結拜謁。

管又不是，不管又不是，由著他們胡說八道更不是，藍溫這時像是被人架在火上炙燒，夜夜輾轉難眠。

而這兩天，真正的暴風雨真正醞釀了，也不知是抽了什麼風，士人們進了諮議堂，數百人濟濟一堂，剛剛喝了口茶，就有個士人砰的一聲把茶盞摔在地上。

摔杯子的不止一個，有人帶頭，接著是十個一百個，諮議堂裏一片狼藉，皂隸見了，飛快地去報知藍溫。藍溫到的時候，就看到有人撞柱子，口裏大叫：

「國將不國了，大亂將至，東宮廢黜只在今日！」

藍溫的眼前有點黑，腦袋嗡嗡的，若說從前是抨擊王公倒也罷了，如今居然說到了太子身上，廢黜兩個字差點讓他沒一口氣提不上來，太無法無天了，綱理倫常都不要了。

接著有人大叫：「平西王原形畢露，要做曹操、王莽了，除國賊啊！」

藍溫只好道：「誰再敢胡說八道，立即拿了，革掉他的名，打出去！」

皂隸們要動手，誰知道這些讀書人見了，都如瘋了一樣，把皂隸們衝了個人仰馬翻，又是一陣陣拳腳落下去，有人大吼：「先打了這些走狗！」

藍溫見了，轉身就跑，心裏亂七八糟，大叫苦也，這事鬧出去，烏紗帽只怕保不住了，誰知他年紀畢竟不小，有些年壯力強的士人在後揪住他的長髮，生生將他扯住，不知哪個冒出來一聲：「這藍溫就是平西王的甄邯，此時不動手，更待何時！」

藍溫聽到甄邯二字就知道完了，這甄邯是誰，便是王莽的走狗，後來協助王莽篡漢的就是他，這些讀書人說平西王是王莽，他自然就成了平西王的走狗了。

這時候局面已經失控，皂隸們逃了乾淨，藍溫被打在地上，無數人朝他圍攏，無數拳腳打過來，藍溫心裏又悲又憤，不禁大吼：「我若為平西王腹心，何至今日？」

藍溫這句話算是為自己辯解了，可是讀書人卻不管這麼多，一陣拳腳之後，藍溫已經沒了氣。

事情徹底地鬧大了，堂堂朝廷命官被人打死，這和造反已經差不多，可是消息傳出去，各方的反應卻是極為曖昧，京兆府根本就不管，這是衙門裏的事，京兆府只顧彈壓街面，這種事，當然是諸位大人操心。

刑部也在裝聾作啞，刑部是高級機構，一般是下頭的衙門署理不了的案子他們才過問，現在京兆府沒傳案子來，他們當然沒興趣去理會這個。至於大理寺管的只是官，現在打死人的不是官，這又怎麼個管法？乾脆不管！

其實說穿了，就是誰也不敢去沾這種狗屁倒灶的事，誰插手進去，不管是處置得好還是處置得壞，最後的結果要嘛是朝廷不滿意，罷你的官；要嘛就是士林不滿意，壞你的名。

做官最要的就是官聲，官聲是誰給的？當然不是百姓，尋常老百姓的話說了出去誰信？尋常老百姓的話能傳出十里八鄉嗎？不能，只有士人，只有讀書人才能一篇文章天下知，你要是想爲藍溫出頭，惹來的絕沒有好，只有一身騷。

面對這種事，各家衙門立即擺出一副無爲而治的姿態，絕口不提此事。

倒是門下省，李邦彥聽了消息，叫來了幾個官員來問，隨即怒道：

「這麼大的事，怎麼一點動靜都沒有？各部衙門都是擺設嗎？豈有此理，天子腳下出了這等事，你們居然無動於衷？這個藍溫是什麼人？」

門下令過問了，當然要好好地查一下，至少吏部是最上心的，過了一天，結果就出來了，藍溫大顯官威，動輒要脅士人；今日更是出奇，居然要差役衝進諮議堂動手打人，這大宋祖法，但凡是有名的讀書人便是被人狀告也是不能打的，結果這一舉犯了眾怒，讀書人滋起亂來，藍溫被失手打死。

接著是調來吏部對藍溫的功考，滿篇都是仇、昏、靈等字眼，李邦彥看了大怒，拍案而起，對下頭的人道：「這樣的人居然也能做官？看看他做了多少醜事？在京兆府的時候就以貪瀆聞名，這樣的人，這樣的官，是怎麼混進諮議局的？」

結果一查，進諮議局是前吏部功考郎中劉著的決定，而劉著早已致仕了，過去的事當然既往不咎，總不能叫人去人家老家把他拉回來治罪，李邦彥拿了這功考書，也顧不得其他，立即進宮。

不管怎麼說，宮裏不可能一點風聲都沒有，可是現在陛下不說話，那麼只有兩個可能，一個是當真不知道此事，事情還沒傳入他耳朵裏；第二個就是陛下知道了，但是陛下沒有說話。

陛下沒有說話不代表陛下漠不關心，或許是陛下在等，等三省六部怎麼裁決，所以李邦彥無論如何也要給陛下一個交代。

其實外頭鬧哄哄的，宮裏頭怎麼可能一點風聲都沒有，雖然楊戩已經嚴令禁止內宦、宮女們亂嚼舌根子，可是趙佶早在沈傲和太子衝突的第二天清早就知道了消息。

趙佶正愜意的看著奶娘給沈駿吃奶，突然將楊戩叫到一旁來，正色問：「昨天夜裏，太子和平西王在街巷裏鬧出了笑話？」

楊戩不敢說不，硬著頭皮道：「是，不過，這消息是真是假還沒有斷定，或許是以訕傳訕而已。」

趙佶撇撇嘴：「這世上哪裡有空穴來風的事，不必遮掩了。」他抬起頭，道：「東宮身爲儲君，鬧出這種事來實在不像話。至於平西王，哼，不管怎麼說，太子也是未來的天子，他這麼做，就不怕朕賓天之後掉腦袋嗎？真是混帳東西，越來越糊塗了。再者說，親王與東宮孰輕孰重，他心裏會不知道？成日惹是生非，早知道就該尋個事把他打發出去。」

這一通牢騷發出來，楊戩反而心安了，若是陛下沉著臉不說話，那才是真正的要緊，楊戩心裏暗暗鬆了口氣，淡淡道：「陛下，既然如此，不如下旨申飭一下，好好的教訓教訓，看平西王下次還敢不敢再無理取鬧。」

楊戩的心思很簡單，下旨意申飭之後，就算是朝廷懲戒過了，往後再有人拿著這個事來挑撥是非，也不好下口，任何事怕就怕懸著，懸在半空上，不知道什麼時候掉下來，倒不如罵了一通，雖然丟了些顏面，至少不會傷筋動骨。

趙佶卻是搖頭，道：「不必，朕只當不知道此事，省得教人心煩，外頭的事他們自己去處置，和朕沒干係，現在旨意出去，豈不是此地無銀三百兩，不必理會。」

楊戩呵呵一笑，也就不再勸說。

不過這麼大的事，想要不理會也是不成，趙佶偷了兩日浮閒，事情終於發生了，讓趙佶不寒而慄，他連續問了楊戩幾遍，隨即陷入沉默。

國將不國，大亂將至，東宮廢黜只在今日！這句話像一根針，狠狠的扎在了趙佶的心口。他不禁有些憤怒，太放肆了，居然敢打死官員，敢說這種話，這種話是誰教唆的？

趙佶看了看楊戩，眼眸中閃出一種非常難得的警惕，道：「爲何三省六部還不將消息送進來？」

楊戩一頭霧水的道：「奴才也不知道，要不然去問一下門下省？」

趙佶冷漠的道：「不必，該報的他們自然會報。」

楊戩對趙佶的這種冷漠太熟悉不過，若說是政務，趙佶未必能上心，可要是涉及到了趙佶心中的底線，任何一個皇帝都會小心翼翼起來。讀書人是大宋的基石，大宋奉行的國策一直是與士大夫共治天下，士大夫就是讀書人，讀書人怎麼想，歷來是朝廷不可忽視的。

如今讀書人激動到打死人的地步，一件意氣之爭演化到了國將不國、大亂將至的地步，這背後有沒有人指使，還是讀書人本就反感此事，趙佶不得不好好琢磨。

偏偏趙佶越是生出了警惕，越不透露一絲半點口風，朝議的時候，百官沒有說話，他也不問，甚至李邦彥入宮，他也絕口不提。這種漠視的態度，使人誤以爲陛下還不知道此事，或者說知道了此事並不肯過問。可是楊戩知道，正是因爲陛下太在意，所以一直在用一雙警惕的眼神看著三省，看向六部，他在等，等各方的態度。

這一日清早，趙佶仍舊起來，逗弄了沈駿，對楊戩道：「這孩子瘦了，是不是吃的奶不合胃口？」

楊戩哪裡懂這個，訕訕笑道：「奴才覺得沒有瘦，反更紅潤了一些。」

趙佶便不再說話，讓奶娘抱走了沈駿，獨自坐在案前，開始流覽奏疏。這兩日他居然出奇的勤懇，不必楊戩知會，就坐在案前處置政務。

楊戩小心翼翼的給他添了一盞油燈，笑道：「陛下遠些看，會熬壞眼睛的。」

趙佶的臉色隨著奏疏看過去而變得愈顯陰沉，一點消息都沒有，就好像這件事從來沒有發生過一樣，這些大臣，這些朝廷的柱石，難道都是瞎子聾子？還是將朕當做了瞎子聾子？

他低不可聞的冷哼一聲，突然將滿桌的奏疏一推，擱置不理，身子依靠在椅上，半闔著眼睛，一隻手扶在椅柄上，整個人失魂落魄。

楊戩低聲道：「陛下，是不是奏疏裏有人提及了東宮和平西王的事？」

趙佶冷冷笑道：「若是提及了還好，可是朕的大臣們現在還沒有一個人透露隻言片語。」

楊戩臉上浮出一絲驚訝之色。這事兒往重裏想，就是欺君了，而且是三省六部集體欺君。不過這事想一想，還真捉摸不透，沈傲這邊的人不提倒也罷了，爲什麼太子那邊連提都不提一句？

楊戩也開始警惕起來，太子在故弄什麼玄虛？現在陛下到底猜忌的是誰，是猜忌平西王權勢滔天，無人敢彈劾？還是太子只是暫時偃旗息鼓，早已有了謀劃？

恰恰在這個時候，外頭有人道：「陛下，李門下覲見。」

趙佶先讓楊戩換了新茶，吹了茶沫輕飲一口，才打起精神，叫楊戩把奏疏稍稍收拾一下，正色道：「宣他進來。」

過了片刻，李邦彥進了文景閣，肅穆的朝趙佶行了個禮，才道：「老臣見過陛下。」

趙佶不冷不淡的道：「賜坐。」

李邦彥欠著身子坐下。

趙佶問道：「李愛卿這時候入宮，可是有事嗎？」

李邦彥連忙道：「正是有事要奏請。」

「陛下可聽說，諮議局發生了點亂子，一些讀書人憤怒交加，竟失手將諮議郎中藍溫打死了。」

趙佶故作驚訝的道：「有這樣的事？」隨即一副怒氣沖沖的樣子，惡聲惡氣道：「是誰這樣大膽，朝廷命官被人毆打致死，這與造反有什麼區別，為何不調禁軍彈壓，是什麼時候的事？」

李邦彥瞧看趙佶的臉色，也不知陛下到底是真不知道還是假不知道，可是陛下做出這個態度，使他不得不小心應對，等趙佶發洩完了，才道：

「陛下，此事的前因後果實在有些匪夷所思，所以微臣才覺得棘手，要請陛下聖裁明斷。」

趙佶沉著臉，道：「這裏頭還有隱情？」

李邦彥正色道：「正是，我朝一向優渥讀書人，士人與朝廷一向是同心協力，若不是事出有因，讀書人豈會如此大膽？陛下建諮議局，重在諮議二字，可令讀書人暢所欲言，感懷陛下廣開言路的恩德。不過老臣所知的是，這諮議局裏的士人言談所涉及的確實有點荒唐了一些，可是荒唐歸荒唐，總還算是一片好心，事情就出在藍溫身上。」

李邦彥吸了口氣，繼續道：「陛下廣開言路，而藍溫卻是專橫的很，借著陛下的名目，竟然要堵住士人的嘴巴，到了後來，居然慫恿差役衝入諮議堂裏打人。」

「我大宋開國以來，對讀書人優渥到了極致，太祖皇帝曾經說，願與士大夫共治天下，可見太祖的聖德，因此我大宋國國祚百年，百姓安居樂業，天下昇平日久。如今一個諮議郎中，居然敢動手打士人，藍溫這是要將陛下置於何地？」

趙佶淡淡道：「正是如此，藍溫才被讀書人打死了？」

李邦彥道：「正是如此，所以老臣才覺得棘手，藍溫目無祖法綱紀，有錯在先，可是士人錯手打死朝廷命官，卻也不能姑息，老臣不敢擅專，才請陛下裁處。」

雖是不敢擅專，可是這件事自李邦彥口中說出，卻完全是站到了士人一方。趙佶頷首點頭道：「這藍溫到底是什麼人？朕爲何沒有聽說過？」

李邦彥早有準備，從袖中抽出了一份功考書，遞到御案前，道：「這是剛剛從吏部調來的，陛下可以看看。」

趙佶接過功考書，臉色晦暗不明，最後將功考書擲在御案上，悠悠道：「這樣的人，爲什麼還能升任諮議郎中？」

李邦彥抬頭看了看趙佶的臉色，淡淡道：「老臣也不知道，這是吏部功考郎中劉著點的筆，呈到中書省，中書省也沒有深究就畫了圈，後來門下才頒發出去的委任。」

趙佶臉色變得更差，一字一句的問：「那劉著呢？人是他保薦的，現在出了這麼大的事，自然該他負責，罷官吧，趕走。」

李邦彥道：「劉著上年年中的時候就請辭致仕了，這還是陛下批擬的。」

趙佶愣了一下，奇怪的看了李邦彥一眼：「是嗎？」

李邦彥道：「是，若不是因爲這件事，吏部查了檔案，否則這件事要永遠蒙在鼓裏了。」

趙佶淡淡道：「朕想起來了，劉著確實請辭了，可是朕卻聽說他一向爲人剛正，爲何會做出這等事？」

李邦彥不疾不徐的道：「是人就會有疏忽，莫說是他，便是老臣，也有老眼昏花的時候。」

趙佶點頭，道：「既然如此，這件事該怎麼辦，李愛卿有主意嗎？」

李邦彥立即從錦墩上站起來，作揖道：「老臣不敢擅專，不過老臣以爲，這藍溫死有餘辜，只是人既然已經死了，也不必再追究。至於諮議局的士人，若是真要追究起來，涉及的就是數百上千人，到底誰動了手，是誰最後打死的，還有誰煽風點火，眼下還是不要查的好，否則天下清議洶湧，又不知要橫生多少枝節。」

趙佶想了想，隨即道：「這麼大的事，若是不查，朝廷的威儀何在？」他抿著嘴，慢慢的喝了口茶，道：「那就下一道旨意，申飭一下，這件事再不許鬧。諮議郎中干係太大，要挑個頂事的人去，李愛卿可有人選嗎？」

李邦彥想了想，浮出一絲笑意出來，道：「鴻臚寺有個叫吳筆的，可以升任。」

「吳筆？」趙佶挑了挑眉：「此人莫不是沈傲的同年？其父叫吳文彩是不是，現在在署理海政衙門？」

李邦彥道：「就是他。」

趙佶道：「他的年紀是不是輕了些？」

李邦彥笑道：「正是年輕才好，才能和士人們說得上話，否則尋個老而昏庸的過去，不知又會鬧出什麼事來。」

趙佶頷首點頭：「下旨吧！」

李邦彥點頭，吳筆和沈傲關係莫逆，這一點是人都知道，更何況其父吳文彩在海政衙門，那海政是平西王最是關心的地方，只要把吳筆請出來，不怕平西王不上鉤。

李邦彥心中有了計較，隨即呵呵一笑，起身告辭。

待李邦彥退了出去，趙佶突然又僵坐在椅上，晦暗不明的深思著什麼，順手抄起茶盞喝了一口，才發現茶已經涼了，不禁皺起眉來。

一旁的楊戩一看，便知道趙佶的心意，連忙道：「陛下……老奴去換盞新茶來。」

趙佶將茶盞放下，擺擺手：「不必了。」他沉默了一下，道：「朕記得劉著此人一向剛直不阿，早年做御史時就曾屢屢彈劾了不少官員，是不是？」

楊戩順著趙佶的話道：「這倒是真的，劉著在朝裏是出了名的刺頭。」

趙佶頷首點頭，道：「這就對了，朕還聽說，吏部尚書與東宮走的很近？」

楊戩在這件事上卻不敢胡言亂語，繃著臉道：「老奴不知。」

趙佶狠狠的用指戳著御案上的功考書，冷冷的道：

「這封功考書是贗品，朝廷功考是何等重要的事，居然有人敢在這裏頭做手腳？藍溫有這麼壞？朕看未必，是有人想讓朕息事寧人！」

楊戩嚇了一跳，道：「陛下息怒。」

趙佶已經許久沒有這般的動火氣了，也不知是什麼東西扎了他一下，讓他變得出奇的警惕起來。

趙佶顯得有些累，半躺在椅上：「這件事不要聲張，派個人去把劉著請回來，朕要親自見他。至於其他的事，不要透露出一丁半點口風出去，朕自有主張，知道嗎？」

楊戩道：「老奴不敢。」

趙佶點頭，眼眸中閃過一絲精芒，悠悠道：「去吧。」說罷又抓起那份功考書，仔細端詳起來。

# 第一四三章 一針見血

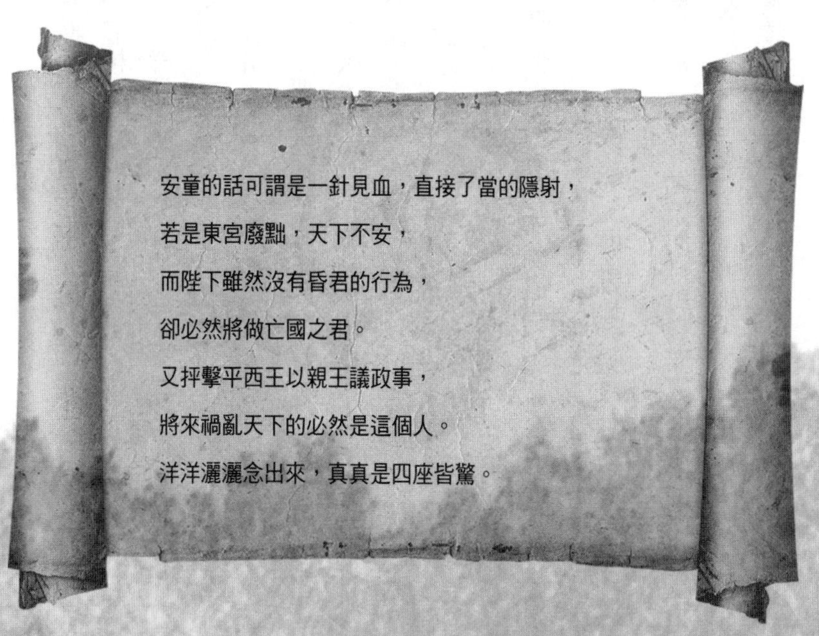

安童的話可謂是一針見血，直接了當的隱射，
若是東宮廢黜，天下不安，
而陛下雖然沒有昏君的行為，
卻必然將做亡國之君。
又抨擊平西王以親王議政事，
將來禍亂天下的必然是這個人。
洋洋灑灑念出來，真真是四座皆驚。

雖是氣氛緊張，可是這時節天氣倒是不錯，陽光明媚，春暖花開，平西王府家門前已有一溜兒馬車排開，幾十個校尉在外頭帶刀等著了。

過了一會兒，沈傲攜帶家眷們出去，家眷們上了車，沈傲騎上馬。

沈傲看了看天色，不禁道：「紫蘅怎麼還沒來？再不來就不等她了。」

劉文道：「要不小人再去叫一下？」

沈傲猶豫了一下：「不必，要來她自己來。」

正說著，卻是一人騎馬過來，氣喘吁吁的到了這邊，大叫：「哪個是平西王？」前頭的校尉打馬將他攔住，這人下了馬，喘了幾口粗氣道：「小人是吳大人家的，特來通報一聲。」便將事情說了。

坐在馬上的沈傲擰起了眉：「該去還要去，不必怕，真要有人敢動手，就立即去武備學堂，調人平亂。讓他說話小心一些，不要招惹不必要的麻煩，只做個甩手掌櫃就是。」

這人聽了，應命而去。

安寧等人走了，在車裏咳嗽一聲，沈傲便打馬到安寧的車窗前，安寧撩開簾子道：「那吳筆和王爺不是平素交好嗎？他現在有了麻煩，大相國寺就不必去了。」

沈傲搖頭，道：「更應該去。」

安寧吁了口氣，也不再說什麼，安靜的放下窗簾。

再一會兒，趙紫薇的馬車終於到了，她跳下車，鑽入安寧的車裏，沈傲吁了口氣，便吩咐啓程，幾十個校尉，四輛馬車，徐徐出城。

沿途上有不少人認得這是平西王的車駕，許多人對這漩渦中心的人物居然還有閒心出去閒遊倒是生出幾分好奇，不過眾人的目光，最終還是落在了諮議局裏。

諮議局可有熱鬧瞧了，只是不知新上任的吳大人最後會如何，據說幾個江南來的士人早已揚言，要讓吳筆嘗嘗厲害，那藍溫就是榜樣。

事情到了這個份上，就是一些不太關注此事的人，也忍不住四處流傳消息了。

倒是朝中的袞袞諸公卻沒有任何反應，誰都知道，吳筆若是去了諮議局，肯定要鬧出風波來的，會不會打死都是兩說，不過先前打死了藍溫，若是這時候再打死一個吳筆，這就有的瞧了。

吳筆的轎子來得有些遲，前頭是兩個差役開道，等到了諮議局門前，吳筆從轎中鑽出來，顯得漫不經心的左右看了兩眼，隨即擺了擺頭上的烏紗帽，徑直從中門進去。

進了諮議局，他什麼也沒說，反而直接到衙堂裏去坐。

諮議堂的士子們早就等著他了，鬧哄哄的，到處都是諷刺平西王和吳筆的笑話，還有人故意拍起茶几，怒斥差役，質問爲何茶水不好，是不是新來的吳大人把茶錢貪瀆了。皂隸們滿頭冷汗，提著十二分的小心，這些人可比諸位大人都要難伺候多了，只好笑呵呵的作揖說話。

誰知這人本來就是來砸場子的，茶几一拍，把茶盞拋落在地，大叫：「換茶水來，這樣的茶水是人喝的嗎？」

皂隸沒辦法，只好回去向吳筆通報，吳筆起身往諮議堂去，等他出現的時候，士人們一下子嘩啦啦都站了起來，目光中不懷好意。

吳筆淡淡的道：「是誰說這茶水不是人喝的？」

一個士人站出來，道：「便是學生。」

吳筆什麼都不說，端起茶几上一杯茶盞，喝了下去，隨即淡淡道：「本大人能喝，你們爲何喝不得？」

一干人目瞪口呆，心裏說，這傢伙是不是向自己示威？接著便是漫天的聲浪鼓噪，說什麼的都有，吳筆也不理會，只是故意大聲吩咐一個皂隸道：

「準備好筆墨，多帶幾個人，哪個人說了些什麼，記下來，陛下不是一直說要廣開言路嗎？那就讓陛下聽聽我大宋的讀書人都說了些什麼。」

這一招居然很奏效，讓士人們找不到發難的藉口；可是真要讓這些污言穢語讓人送到宮中去，這不是等於將把柄送到這姓吳的手裏？

可是士人們也不是吃素的，有人道：「既然上達聖聽，這就好極了，程某先來說。」說罷以奏疏的形式開始說話，無非是說平西王如何不法，又聽說東宮地位不穩固，請陛下明察秋毫，平西王大奸大惡，實在是比歷朝的奸臣更可惡的人物，而東宮殿下為人寬厚，聰慧而好學，為人勤儉，請陛下千萬不要被小人蒙蔽，以致父子失和，人心向背。

這人說完了，大家一齊說好，有人站到皂隸邊上，看皂隸記錄，生怕這皂隸故意歪曲了意思。接著又有人站出來，漲紅著臉道：「今日小生也要說兩句。」扯了扯喉嚨，搖頭晃腦的之乎者也起來。

諮議局鬧哄哄的弄了半個晌午，把行書的皂隸累了個半死，也不知道寫了多少字，一遝遝的陳情書堆積如山，幾十個皂隸一起動筆都嫌不夠。

讀書人這時候滿心想上達天聽，又要表現自己的風骨，更是說得唾沫星子亂飛。一開始，一些較有名望的名士還不肯出來說話，這時也有點兒坐不住了，霍然而起，排眾而出，在眾人的簇擁之下開始打著腹稿。

現在準備開言的，便是時下最令人敬仰的安童安相公。安相公的風骨一向是士人們推崇的，無他，只因為他中了科舉，卻不肯去吏部報到，這樣將名利拋諸腦後的，又有誰能做得到？不止如此，這諮議局裏也只有他最敢說話，口無遮攔，毫無顧忌，只這一點，就足以令所有人佩服。

安童負手沉默片刻，開始打起腹稿，附近的士人都嘩啦啦的圍過來，這個道：「安相公不知道要說什麼？」另一個道：「安相公的陳情自然是字字泣血的了。」

安童這時也有點兒爲難，陳情若是說得太普通了，肯定讓人失望；說得太重了，雖然能博來叫好聲，陛下卻也未必喜歡。眼看這麼多人殷殷期盼地看著自己，他搖搖扇子，隨即如癡如醉地道：「嗚呼……」

聽到嗚呼二字，許多人已經叫起好來，人家都是先說事，安相公直接先來個嗚呼哀哉，發人深省，令人不得不繼續聽下頭要說什麼。

安童繼續道：「國之將亡，其君貪冒、辟邪、淫佚、荒怠、粗穢、暴虐；其政腥燥，馨香不登，其刑矯誣，百姓攜貳……。今陛下並不以貪冒、辟邪、淫佚、荒怠、粗穢、暴虐爲事，何故天下紛紛如此……」

洋洋灑灑一篇文章念出來，真真是四座皆驚，安童的話可謂是一針見血，直接了當的隱射，若是東宮廢黜，天下不安，而陛下雖然沒有昏君的行爲，卻必然將做亡國之君。此後又大肆說了太子的諸多好處，抨擊平西王以親王議政事，以駙馬都尉督軍，開了天下的先河，將來禍亂天下的必然是這個人，最後警告說，陛下一定要明發旨意，裁處平西王，撫慰東宮，否則天下不安，危機顯現云云。

安童念完，雲淡風輕地道：「班門弄斧，讓諸位見笑了。」

士子們卻都崇拜地看向安童，紛紛道：「安相公此言如雷貫耳，發人深省，學生們受教。」

安童又坐回去喝茶，並不湊這個熱鬧，可是誰都知道，這篇文章必然傳遍天下，名留青史。

這邊熱議紛紛，可是東宮卻顯得格外的安靜，不過李邦彥從三省回來，並沒有急於回府，反而直接叫人低調地抬轎到了東宮，從後門進去，立即有個內侍將他迎入，太子趙恆和吏部尚書程江已經在這兒閒坐了許久。

趙恆的心情顯得極好，他無論如何也沒有想到，汴京居然有如此多的忠義之士，如今朝廷還沒有動手，整個清議和坊間就如投了重磅炸彈，涉及到其中的人何止數萬。

程江跑來，興致勃勃地將此事給趙恆說了，趙恆不禁道：「如此一來，父皇就是想保全沈傲也無能爲力了。沈傲在做什麼？」

程江道：「一大清早就帶著女眷去大相國寺了。」

趙恆皺眉，冷笑道：「他倒是頗有閒情雅致。」

程江笑道：「這天下還是忠貞之士占了多數，就算偶爾有幾個逢迎平西王的，此時也不敢胡言亂語了。」

趙恆頷首點頭道：「你說得對，這天下被平西王攪得亂七八糟，父皇聖明，卻還是被這賊子給蒙蔽了，本宮身為人子，豈可坐視他咨意胡為？」

李邦彥到的時候，卻是陰沉著臉，道：「諮議局的事是誰挑唆的？」

這話問的自然是程江。程江的臉色微微一變，可是當著太子面，又不好發作，強顏歡笑道：「怎麼？李門下有何見教？」

李邦彥嘆了口氣道：「鬧得這麼大，只怕不好收場，靠讀書人是不經用的，說不準反而會惹禍上身，哎……」他重重嘆了口氣，才向趙恆行禮。

程江臉色陰沉下來，道：「李門下一來就這麼大的火氣，難道讀書人抨擊下朝議也錯了嗎？並沒有什麼人挑唆他們，是他們挺身而出，又為何怪到程某的頭上？」

李邦彥張口欲言，看到趙恆的臉色也有點陰沉，只好將話吞回肚子裏去，想了想才道：「讀書人說話口無遮攔，若是有哪句話衝撞了聖駕，非但於事無補，反而會耽誤了大事。眼下最重要的，還是聯絡朝中的人進行抨擊，大家眾口一詞，再輔之以清議才能成功。」

程江道：「這是什麼話？從前正是因為衝撞不到聖駕，所以才有沈傲這般的跋扈。

你莫要忘了，那平西王是怎麼整倒鄭家的，若不是衝撞了聖駕，讓陛下退無可退，鄭家怎麼會落到這個地步？若不是那血書，李門下又何必到今日這個地步？」

這是諷刺李邦彥與鄭家攪在一起，卻讓鄭家家破人亡了。

李邦彥只好道：「程大人還是就事論事的好。」

趙恆擺了擺手，道：「二位大人不必動怒，你們都是爲了本宮好，有什麼話不能好好地說？程大人，過去的事不可再提。李門下，這些士子是自告奮勇地去鬧事的，本宮和程大人並沒有教唆，只是袒護了些而已。」

李邦彥只好道：「是下官心急了一些，望殿下恕罪。」

趙恆喝了口茶，淡淡笑道：「陳濟的事查得如何了？」

李邦彥抖擻起精神，道：「查清楚了，確實是招募了一千餘人，現在還在招募，老夫特意讓人去應徵，已經進了那郭家莊，裏頭一應都如軍營一樣，日夜操練，還教授許多跟蹤人的技巧；甚至還有人學習如何行軍佈陣、勘探地形。平西王這麼做，一定另有所圖，若是爲我大宋練兵，爲何要這般遮遮掩掩？難道一個武備學堂還不夠？」

趙恆皺著眉道：「可他要練兵，爲什麼要在天子腳下呢？他就不怕……」

程江也是眼中放光，再顧不得和李邦彥邀功爭寵，道：「這還不簡單？因爲這支私軍是用來對付汴京的，殿下可以想一想，若是有朝一日……太子登極的當口，平西王突然率軍進城入宮，結局會如何？」

趙恆深吸了口冷氣，道：「他這是要謀逆？」

「不！」李邦彥冷靜地道：「絕不會是謀逆，依下官看，應當是爭儲。這事或許三皇子也參與了，一旦有事，平西王和三皇子就可以借助這支私軍扭轉乾坤。當然，這是他預留的最後手段，眼下只怕還是在琢磨如何教唆陛下廢黜殿下。」

趙恆連手都顫抖了起來，眼睛睜得大大的，喉結滾動道：「他們好大的膽子，難道平西王會不知道，蓄養死士、操練私兵，在我大宋是要誅滅九族的嗎？」

程江捋鬚呵呵笑道：「殿下莫要忘了，平西王叫沈愣子，天大的事別人不敢做，偏偏他敢。再者說，如今他權勢滔天，除了蔡京，除了鄭家，連李門下都不能自保，宮中有太后、陛下信重，宮外有周正、石英、姜敏、曾文等人爲他張目，滿朝上下，誰還能做他的對手？甚至是殿下，見了他還不是一樣要忌憚嗎？」

趙恆頷首道：「不錯，別人不敢，可是沈傲敢！他已經位極人臣了，就是他明目張膽地招募私軍，誰又敢揭發？」趙恆狠狠拍案道：「本宮敢！」

程江催促道：「殿下，當斷不斷，反受其亂，平西王之心已是路人皆知，若是再不動作，誰是趙高，誰又是秦二世，殿下又是誰，難道還不清楚嗎？」

趙恆狠狠點頭道：「你說得對，本宮不能再姑息養奸了」。

李邦彥想了想，道：「要不要先查清楚再說，那沈傲狡猾如狐，或許另有用意也未必。」

程江冷笑道：「再等，東宮就要易儲了。」

李邦彥心知程江在太子的心目中更受信任，只好道：「既然如此，那就死死咬住沈傲招募私軍的事，動員人馬一起彈劾。」

程江搖頭道：「不成，這只能做最後的殺手鐧，要是這麼做，陛下若是仍然庇護怎麼辦？」

李邦彥默然，程江的話倒也有些道理，他清楚記得，上一次自己向陛下說沈傲的「反狀」，結果得來的卻是趙佶一口咬定的說：沈傲定不會反。

程江含笑道：「我們不如學那沈傲，先將陛下逼到牆角，當著天下人的面，先動用人彈劾，再搬出鐵證，狠狠將沈傲釘死。到時候沈傲就是鄭家，就算陛下於心不忍，只怕非治平西王謀逆也不可了。」

趙恆道：「怎麼個逼法？」

程江深吸了口氣，道：「用清議去逼，看到這些讀書人了嗎？他們越是憤怒，陛下就越是退無可退，先把這水攪渾來，再一鼓作氣，將平西王置於死地！」

趙恆的臉色晦暗不明，似乎在猶豫，最後目光落在李邦彥身上，道：「李門下以為如何？」

李邦彥想了想，道：「讀書人固然可以用，可是變數也是極大，用得好，自然好說，可是用得不好，反會受其害，與其如此，倒不如動用朝臣的好。」

程江只以爲李邦彥針對於他，令他在太子面前丟面子。身爲太子門下第一心腹，程江雖是對李邦彥處處客氣，可是心裏卻也有警惕，太子異日若是登極，這門下省，他是早已看做了是自己的私囊之物，如今有了李邦彥這個變數，倒是讓他不太確定起來。

他捋鬍笑了起來，道：「只靠朝臣，莫非李門下認爲沈傲就沒有黨羽？到時候爭議起來，只怕又是一場糊塗官司，依著陛下的性子，又是雷聲大雨點小了。」

李邦彥吁了口氣，便不再說話，他哪裡不知道程江的心思？若是這時候和他抬槓，到時候莫說對付平西王，只怕這太子的後院就要著火，與其如此，倒不如忍這一口氣，再者說，程江的主意也不壞，沒必要和他鬧到撕破臉的地步。

趙恆陰晴不定地道：「平西王是西夏攝政王又是駙馬都尉，只怕就算是謀逆，也未必能要了他的性命。」

程江道：「只要能將他趕走，和死了也差不多了，君子報仇十年不晚，待殿下登極的那一日，再興軍征討西夏，那沈傲就算能逃到天邊，又能如何？」

趙恆徐徐點頭，道：「你說的也有道理，這件事就由程大人來辦。」他目光落在李邦彥的身上，露出微笑道：「朝臣的事還得李門下來聯絡！」然後舉目看著眼前兩人，道：「一切拜託兩位了。」

程江和李邦彥一齊道：「陛下何出此言？為殿下效力，死而後已，敢不盡力？」

趙恆站起來，激動地握起拳頭道：「本宮素來為父皇不喜，如今這太子也做得窩囊到了極點，有時想來寧願生在百姓家，也未嘗不是美事。」他激憤地道：「可是今日，本宮若是再孱弱下去，早晚性命不保，這樣的日子，本宮再不願受了，既然如此，那便讓父皇知道，他的嫡長子，大宋的東宮太子，也絕不是隨手亂捏的軟柿子。」

程江正色道：「殿下是太子，乃是一國儲君，名正言順，自然不容人相欺。」

李邦彥闔著眼睛，卻是想起了一件事來，淡淡道：「殿下，這一次，倒不如將三皇子一併……」

趙恆聽了，臉色驟變，怒斥道：「胡說八道，三皇子是本宮的兄弟，哪有兄弟相殘的道理？況且三皇子並沒有牽涉此事，沒有鐵證，又如何牽扯他進去？」

李邦彥冷笑道：「正是有了三皇子，太子的地位才顯得尷尬，如今沈傲蓄養死士，不正是和三皇子有關嗎？平西王便是權勢滔天，也絕不可能篡位做天子，至少要扶持個人出來，這人不是三皇子是誰？殿下仁厚，卻不知道殿下將他當做兄弟，三皇子但凡有一些兄弟之情，又如何會與平西王攪在一起，與殿下為難？」

程江聽了，也是勸道：「先除沈傲，三皇子也就好辦了，殿下不必多慮。」

趙恆沉默了一下，道：「本宮再想一想。」

他呆呆坐下，沉思起來。

李邦彥和程江對視一眼，當然知道太子的心思，太子朝思暮想的，無非就是除掉趙楷，只是礙於手足之情，這時候讓他如何能滿懷欣喜地點頭？總要先端一下架子，做出一個姿態來。這件事只能從容再議，於是一齊道：「殿下，老臣告辭。」

趙恆也不知是真心還是虛僞，故意道：「這麼快就走？本王已經叫人準備膳食了。」

李邦彥笑道：「下官不能在這裏多待，免得令人生疑。」

程江也道：「總要避避嫌，省得讓有心人拿來做把柄的好。」

趙恆只好依依不捨地站起來，拉住二人的手，眼中噙出淚水，分別握住李邦彥和程江道：「若沒有二卿，本宮早晚要被奸賊所害，本宮異日若有富貴，定與二位大人共用。」

見趙恆噙出眼淚，二人當然不敢無動於衷，程江也是老淚縱橫，咬牙切齒地道：「奸賊當道，老臣豈能坐視？殿下保重身體才是要緊的事。」李邦彥唏噓道：「殿下切莫如此，人臣護主是應盡的本分。」

趙恆將他們送出殿去，說了幾句話，才道：「本宮不便遠送。」

二人點點頭，快步朝後門離開。

趙恆眼中的淚水不見了，取而代之的是一臉的寒霜，他沉默了一下，道：「來人！」

一個主事太監小心翼翼地走過來：「殿下有何吩咐？」

趙恆淡淡道：「兩位大人進來的時候，有誰看到了？」

主事太監道：「老奴已經打發走了所有的雜役，只有老奴看到了。」

趙恆頷首道：「這便好。」說罷自嘲道：「做太子的就是這樣，要提防這個，又要提防那個，每日提心吊膽，不知什麼時候才能光明正大一些。」

主事太監緊張地道：「殿下慎言。」

趙恆冷哼一聲，道：「這句話本宮聽得多了，也聽得厭了，該來的終究會來，怕個什麼？」說罷，拂袖回到殿中去。

主事太監搖了搖頭，乖乖地追上去。

# 第一四四章 大相國寺

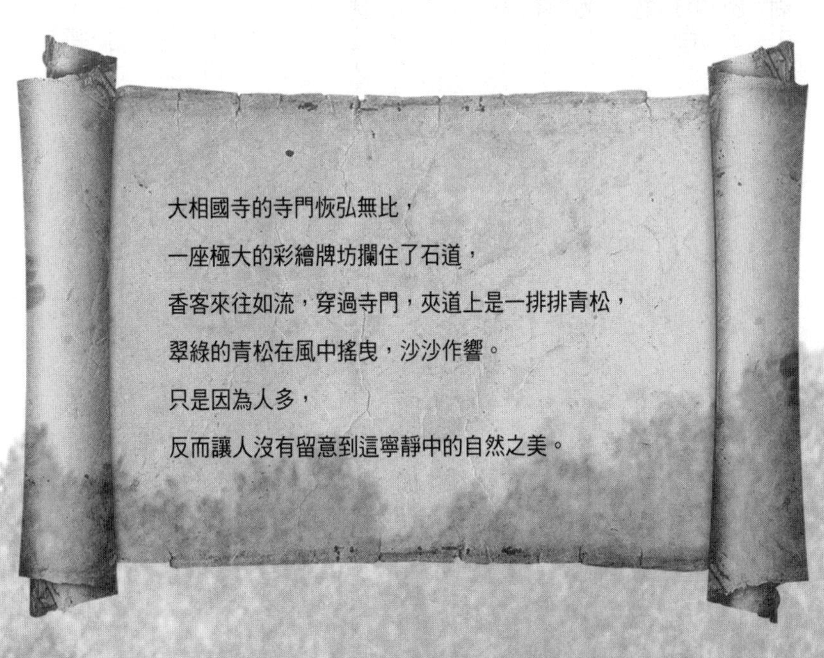

大相國寺的寺門恢弘無比，
一座極大的彩繪牌坊攔住了石道，
香客來往如流，穿過寺門，夾道上是一排排青松，
翠綠的青松在風中搖曳，沙沙作響。
只是因為人多，
反而讓人沒有留意到這寧靜中的自然之美。

從汴京到大相國寺並不遠，出了內城，一路過去，便可以看到恢弘的建築，不過，這汴京城本就規模宏大，再加上又是帶著家眷走不快，沈傲無趣地打著馬，等到了大相國寺的時候，已經過了一個時辰了。

大相國寺的名稱，始於唐朝，這裏原是戰國時魏公子無忌的故宅，所以大相國寺的旁邊有一處信陵亭，還有一處信陵君的祠堂，來大相國寺的人總忍不住要在信陵亭裏坐一坐，瞻仰信陵君的風采。

信陵亭不遠就是大相國寺，大相國寺在大宋有很特殊的意義，早在太祖時期就被敕封爲皇家寺院，寺中著名和尚也都獲得皇帝親賜封號榮譽。因而地位相較來說超然了許多，還未靠近寺門，便看到了如雲的香客雲集，其間摻雜了不少華麗的車馬。等沈傲的隊伍出現，才發覺附近已經沒有停靠馬車的地方了。

沈傲下了馬，引了家眷下來。

大相國寺的寺門恢弘無比，一座極大的彩繪牌坊攔住了石道，香客來往如流，穿過寺門，夾道上是一排排青松，翠綠的青松在風中搖曳，沙沙作響。只是因爲人多，反而讓人沒有留意到這寧靜中的自然之美。

沈傲擠得滿頭是汗，做了官，他就很少去嘗試擠在人堆裏的感覺了，要嘛是差役開道，要嘛是騎馬帶刀的校尉引路，所過之處，行人避之不及。如今遇到這個境況，反而有些不知所措。

今天沈傲所穿著的是圓領儒衫，寬鬆得很，尤其是袖擺稀稀疏疏的，快要垂到地下，現在才知道這衣衫中看不中用，並不適合在這人多的地方穿戴。頭上的綸巾包著長髮，這時候也覺得天氣有點炎熱了，或許是心急的緣故，讓他感覺透不過氣來。

安寧幾個見他這樣，不自覺地加快了腳步。趙紫蘅走得快，乾脆一個人獨自去開路了，唐茉兒臉上也是微紅，吐氣如蘭地取出隨身帶來的香帕，叫沈傲停一停，給他擦拭額角的汗。

沈傲立即笑道：「還是我家茉兒待我最好。」

一個校尉竄出來，用手抓住袖子，也過來要給沈傲擦拭額頭。沈傲被這突如其來的動作嚇了一跳，連忙後退一步，道：「做什麼？」

校尉道：「爲殿下擦汗。」

沈傲不禁怒道：「滾一邊去。」

校尉們哄笑不已。

一行人走走停停，終於進入了佛院。

到了這裏，人流就更多了，等過了正門，眼前才豁然開朗。

這大相國寺，正殿高大，庭院寬敞，花木遍佈，僧房櫛比，正殿那邊人多，沈傲只好帶著家眷往人煙稀少的地方去，過了一處牌樓，前方有一殿，名叫文淵閣。

沈傲不禁哂笑，宮裏有個文淵殿，這裏有個文淵閣，敢叫「文淵」二字的，只怕也只有這大相國寺了。信步帶著人要進去，卻被一個沙彌攔住。

這沙彌正色道：「施主要上香，自去羅漢殿，這裏不許外人進出的。」後頭的校尉不禁上前來，呵斥道：「大膽，可知道我家少爺是誰嗎？」

沙彌見沈傲一副顯貴的模樣，也有些踟躕，卻聽到裏頭傳出一個圓潤的聲音：「何不請客人進來坐坐？」

沙彌聽了，便退讓開來，合掌道：「施主請進吧。」

趙紫蘅努嘴道：「原來和尚也這般勢力，這佛殿還分三六九等的。」

沙彌無動於衷，沈傲怕趙紫蘅再胡說，牽住她的手進去。趙紫蘅兩頰窘紅道：「不要拉，我自己會走。」

沈傲不理會她，扯住趙紫蘅溫潤的小手。周若在後頭和春兒一起取笑趙紫蘅，趙紫蘅聽了更是大窘，便乖乖地隨著沈傲走。

進了佛殿，沈傲的眼前霎時閃動著光芒，難怪不許尋常人出入，只怕這佛殿中的每一個物事都不在萬貫之下，這裏並沒有佛像，卻有一股四溢的墨香，從門中進去，懸掛著的第一幅畫便讓沈傲心無旁騖，整個人不由地定住了。

趙紫蘅這時也忘了羞怯，二人拉著手，在這畫下如癡如醉。

這幅畫乃是北宋畫師燕文貴的《溪山樓觀圖》，燕文貴是宋初最有名的畫師之一，尤擅山水，這幅溪山樓觀圖可謂燕文貴頂峰的作品，畫中描繪的是江景山巒，氣勢開闊曠遠。圖中山勢宏偉，峰巒聳峙，林木茂密。山腳、山腰處皆有樓觀殿宇，時隱時現。

燕文貴最擅長的就是粗墨，粗墨之下，那山石的輪廓霎時變得剛毅生動無比，讓人乍看之下，整幅畫栩栩如生，宛若登高望遠，看到這山石的壯闊，心中不禁澎湃萬千。

不過以專業角度來看，沈傲真正在意的不是畫的全局，而是畫中的用筆和著墨，每一絲線條，每一個用筆，哪處略有遺憾，哪處是神來之筆，心中都要品鑒一番。

趙紫蘅則是只看全幅的佈局和山林的景色，不禁讚嘆道：「真好，可惜粗糙了一些，怎麼能用粗筆去繪林木呢？」

沈傲不自禁地道：「燕文貴的畫風就是如此，乍看之下，顯得這林木畫得簡率了一些，可是你再認真看看，是否覺得這率真中有一種自然的情態？」

趙紫蘅便又努力端詳了一陣，才驚呼道：「是了，若只看樹木覺得草率，可是與這山石融匯在一起，就像是水乳交融一樣。」

水乳交融？沈傲的眼睛不禁瞄了趙紫蘅的胸脯一眼，隨即咳嗽一聲，心念罪過罪過！

看完了《溪山樓觀圖》，再一路看過去，這殿中居然還藏著不少名家的墨寶，幾乎所有宋初的畫作巨匠都雲集於此，除了燕文貴，還有別夢卿、石恪、高文進、雀白、李濟元等人，整個大宋初期的畫風在這一覽無餘，讓沈傲頗有入寶山的感覺。

趙紫蘅嘰嘰喳喳地開始品評，偶爾將這些人的畫作與沈傲的對比，沈傲只是淡笑，道：「作畫到了大宋時，就成了分界嶺，大宋之前的畫作大多只講究顧愷之的神韻，畫中略帶抽象，可是到了宋初，神韻固然注重，可是一些作畫的技巧也開始讓人重視了，比如方才的溪山樓觀圖，你看他用墨擦筆的各種技巧已經嫺熟，所以就算這一幅幅畫中有許多不如意的地方，甚至還有些畫在佈局中略顯生澀，可是正是他們開創了一種新的畫風，我不過是前人栽樹、後人乘涼而已，哪裡能與這些人並肩而論？」

趙紫蘅想了想，道：「我明白了，就如孔子一樣，孔子傳了學問，他的學問固然有紕漏之處，可是天下的書生都是他的門徒，就是學問再高，也及不上他。是不是？」

沈傲瞪大眼睛道：「不要胡說，也不看看這裏是什麼地方，若是真被書生們聽到你說孔聖人的學問有紕漏之處，看你怎麼收場。」

趙紫蘅嘻嘻笑道：「人又不是神佛，怎麼可能沒有錯處？你難道就不是讀書人？你能聽，爲什麼別的讀書人不能聽？」

沈傲搖搖頭，笑道：「我問你，我若是當著你的面罵顧愷之怎麼樣？」

趙紫蘅瞪大眼睛道：「你敢！」

沈傲淡淡一笑，道：「這就是了，每一行都有聖人，是不能胡亂罵的，子所不欲勿施於人，是不是？」

趙紫蘅乖乖地道：「好吧，這一次你說得有道理。」

二人忘我的閒談，等沈傲回過神來，才現其他女眷居然都走了個乾淨。不過在佛殿中，居然還有一個人，只是自己剛才的心思都放在懸在壁上的畫才疏忽了。

沈傲瞥眼看了這人一眼，見這人穿著異族的服飾，渾身白衫，頭上卻是不倫不類地戴著綸巾，手中搖著一柄白扇，煞有介事地看著他。

沈傲不禁苦笑，安寧她們肯定是見了這裏有生人，自己又不理會她們，所以才退避出去。倒是自己方才的言談舉止，都被這人看了個清楚。好在他臉皮厚，臉上看不出慚愧之色，便淡淡笑道：「打擾了兄台雅興，兄台不是汴京人？」

「鄙人段正聲，見過殿下。」

沈傲霎時想起從前陸之章和自己說過的一席話，心想，莫非就是他？大理國有許多高僧，這人能在相國寺中隨意出入，地位自然不低，便道：「噢，段兄請坐。」

趙紫蘅在一旁低聲道：「好像我們才是客人，應該他請我們坐才是。」

沈傲臉色不變，道：「他是大理人，我是大宋人，以大宋之禮待大理客嘛，有朋自遠方來，不亦樂乎，哈哈。」

趙紫蘅不禁吐了吐舌，心想：這傢伙的臉皮還是這樣的厚。

段正聲卻是呵呵一笑，道：「殿下說的有理。」

沈傲不禁道：「你知道本王的身分？」

段正聲笑道：「方才這位女施主不是一直呼喚殿下的大名嗎？這汴京姓沈名傲的只怕不多，再看殿下的談吐，其實並不難猜到。」

沈傲呵呵一笑道：「見笑了。」

大家一起坐下。段正聲正色道：「段某一直盼與殿下相見，只是苦於尋不到機會，今日能與殿下在這佛寺中坐談，榮幸至極。」

沈傲故作不知，道：「莫非段兄有事相求？」

段正聲的眼眸變幻，隨即嘆了口氣，才道：「不怕殿下見笑，段某是大理國二王子，家父便是大理國王，這一趟來大宋，確實有事相求。」

沈傲笑道：「在佛寺裏談俗物做什麼？沈某人聽說大理一向佛業興盛，是這樣的嗎？噢！對了，大理上一代國王段正淳，後來也是避位出家爲僧的，是不是？」

段正聲略帶失態地笑了笑，隨即道：「中宗先帝確實是出了家，只是並非爲了佛事。」

趙紫蘅道：「不是爲了佛祖，他出家做什麼？」
段正聲苦澀地道：「不得已而爲之。」
趙紫蘅還要問，沈傲卻不斷地給她使眼色，趙紫蘅這一次居然會意了，撇撇嘴：
「做了大王，有什麼不得已的。」
段正聲看向沈傲道：「因爲國中出了權臣。」
沈傲心想，這傢伙莫非是在諷刺自己？不對，自己就算權勢滔天，卻還是臣，能逼著君主出家的，這世上掰著手指頭也就這麼幾個。
段正聲繼續道：「眼下大理國又要舊事重演了，殿下可知道，這一次的佛會，召集各國的王公、高僧雲集在大理，可是爲了什麼嗎？」
沈傲硬著頭皮道：「段兄請說便是。」
段正聲道：「立威！」
沈傲撇撇嘴道：「大理這樣的國力也能立威嗎？」
段正聲搖頭道：「並非是大理向各國立威，而是大理的權臣要向大理的王室立威。」
以沈傲對官場的領悟，頓時就知道了段正聲的意思，無非是有人要趁著各國去大理的時機，當著天下人的面，給大理國王臉色看而已。

段正聲還在喋喋不休地說著，擔憂地道：「這一次父皇讓我來大宋，便是希望大宋能夠主持公道，只是不得其門，跑斷了腿也無人搭理。」

段正聲的眼中露出渴求之色，道：「後來段某左右打聽，才知道大宋真正署理番邦的是平西王殿下，殿下一定要爲我大理宗室做主，若是再這般下去，我大理早晚要被逆臣篡奪。」

沈傲在鴻臚寺時，也曾聽聞大理的一些近況，大理國的國政一向把持在高氏的手裏，高氏甚至一度直接勒令段氏傳位，自稱爲大中國，不過後來因爲大宋的不滿和大理國內部的反對，最後高氏又還政給大理國前代君主段正淳，只是雖是還政，其實也不過是個噱頭，軍政還是牢牢控制在高氏手裏，仍舊是掛羊頭賣狗肉而已。

只是這種事他當然懶得去管，管你是高氏還是段氏，只要乖乖聽話，自然相安無事，誰管你來著？

沈傲淡淡一笑，道：「這件事還要從長計議，不急。再者說，這是禮部的事，就算是找上本王，本王又能如何？段兄找錯人了。不如這樣，下次段兄去和禮部尚書楊真楊大人說說，楊大人嫉惡如仇，爲人剛正，一定會爲段氏討個公道。」

沈傲雖然鄙視官僚作風，可是身上還是沾著官僚的習氣，踢皮球誰不會？

段正聲苦笑，大失所望地道：「段某已經拜望過楊大人，只是……只是……

哎……」

沈傲道：「所謂精誠所至，金石為開，段兄不要沮喪，一次不成就兩次。」

段正聲道：「段某之所以將希望寄託在平西王身上，是因為平西王的一句話。」

沈傲見他仍然把話題引到自己身上，不禁想，本王是踢皮球的，這傢伙居然是個牛皮糖！心裏已經打定主意準備逃之夭夭了，卻不得不硬著頭皮道：「噢？本王說過的話很多，不知段兄想起了哪一句？」

段正聲正色道：「殿下曾向南洋諸國許諾，只要肯向大宋開發貿易，設總督府，則各國王室都在大宋的羽翼之下。這句話可是殿下在泉州宣示的嗎？」

沈傲點頭道：「不錯。」

段正聲道：「大理也屬南洋，又靠近天朝，正是天朝通往南洋的六路通道，大理一向以藩國之禮待宋，殿下豈能令段氏失望？」

沈傲沉默了一下，這句話確實是南洋貿易的最堅強保證，正因為有了這句話，南洋各國的王室才肯損失自身的利益，准許大宋的商人無所忌憚的向南洋傾銷貨物，也正是因為如此，各國才得以劃出大宋總督轄區，以總督轄區為中心，向藩國各處源源不斷輸送大宋的貨物。

段正聲拿這個理由出來，若是沈傲再踢皮球，只怕難免會讓南洋各國生出疑心，一且質疑到大宋的信用，那麼許多事就不好辦了。

說穿了，這就是互利的關係，南洋各國王室得到了南洋水師的武力支持，那麼他們的國祚就可以一直延續下去。這是一個十分誘人的協議，對大宋有好處，對各國的王室也有好處。而這個協議的基礎，就在於大宋的信用和南洋水師的實力。

若是大宋失信，那麼各國必然會生出排斥情緒。偏偏這大理雖然不臨海，卻也算是南洋國的一部分，這時候若是他們提出來，而沈傲否決，只怕南洋各國都會生疑。

若是如此，事情就不得不認真對待了。

沈傲坐直了身體，沉吟了片刻，道：「將萬佛會取消。」

「取消？」段正聲見沈傲換了副姿態，不禁抖擻起精神，道：「只是各國的客人都已經請了，況且這是高氏的主意……」

沈傲微微抬起下巴，傲然地道：「取消是本王的主意，立即令人讓快馬送消息去大理，就說將佛會立即取消，誰要是敢辦，本王滅他九族。高氏若是覺得有哪裡不妥，但可來找本王說理！」

段正聲欣喜地道：「若能如此，這就太好了。」

沈傲繼續道：「第二件事，就是讓你父王立即向大宋上書，請求設立總督府，劃出總督轄區，由我大宋派駐官員、軍隊。」

段正聲道：「我立即傳書，絕不敢怠慢，怕就怕高氏不同意設立總督府……」

沈傲淡淡笑道：「不必通過高氏，不管你們使用什麼方法，只要把奏疏送來，這件事就誰也改變不了；高氏不肯，也可以讓他來找本王。」

段正聲道：「這就好極了，只是大理國的印璽在高氏手裏，是不是只要蓋上我父王的私章就夠了？」

沈傲點頭道：「只要是證明大理國國王身分的奏疏就可以。此外還有一條，大理國必須建設與大宋連通的馳道，這馳道按我大宋的規矩來建，大宋、大理各出一部分錢，民夫則徵用大理的，如何？」

大理與大宋之間山巒起伏，要建立馳道哪裡容易，不過既是通商，沒有道路是不成的，車馬過不去，還通個什麼商？若是馳道建成，那麼大宋與南洋各國不止是海路相通，陸路方面也多了一個選擇，雖然路途比之海路遙遠得多，至少出了突發情況可以用一用。

段正聲想了想，頷首點頭道：「殿下的意思，大理國一定遵照辦理。」

沈傲站起來，道：「最後一樣，就是佛會雖然取消，可是萬國展覽會仍將在泉州召開，這佛會就是萬國展覽會中的一項，所以各國的商賈、王公還是要動身，只是這一趟不是去大理，而是來泉州。你們大理國也要派出使團，更要鼓勵商人們來，各國的國王，都要親自過來，國王老邁或是病在床榻的，可以由儲君代往。這件事就這麼定了，所以你們大理傳消息的時候，順帶把這個消息先捎上。」

段正聲道：「萬國展覽？這又是什麼？」

沈傲呵呵笑道：「自然是促進各國的友誼，大家湊在一起熱鬧熱鬧，順道兒把你們大理的事一併解決了。你想想看，若是我大宋邀各國前來，高氏會怎麼做？」

段正聲道：「自然也會派人隨父王一起趕赴泉州。」

沈傲正色道：「這就是了，若是本王處置掉了眼下汴京的事，或許會去泉州一趟，到了那時，自然給段家一個公道。」

段正聲這時候再不說什麼，從椅上站起來，朝沈傲跪下行禮道：「如此，段氏上下對殿下定然感恩戴德。」

沈傲呵呵一笑，生生受了這大禮，臉上也沒有慚愧的意思，只是淡淡道：「起來吧，你只管去傳消息，若不是你，本王倒是忘了，是該舉辦一場盛會了。」

萬國展覽會是一個機會，有了這麼一次機會，一是擴大影響，另一方面，也是泉州向天下宣布其天下第一大港的契機。

沈傲是無論如何也要去一趟泉州的，危機隨時會有可能爆發，只是時間問題，現在必須大刀闊斧地暫時延緩住危機，否則後果不堪設想。

福建路如今幾乎是沈傲的老巢，怎麼可能叫他不有所顧忌？

不過眼下當務之急，還是儘快處理掉李邦彥這個人，若是能順道解決掉太子，就更好了。

沈傲坐在椅上想了想，整個人散發出一種威嚴。在段正聲面前，他的每一句話都不容置疑，完全是一副驅使奴隸的口吻。以至於一旁的趙紫蘅突然覺這個往日熟悉的沈壞蛋有些陌生，陌生得讓人摸不透。

這種變化，讓趙紫蘅一時入了迷，不由地仔細觀察起沈傲的一舉一動，咀嚼他說的每一個字，突然發覺，這沈愣子和自己的爹似乎並不一樣，那種高高在上、居高臨下的眼神掃過去，像是逼迫著所有人向他屈服一樣。

反觀段正聲，已經只剩下唯唯諾諾的份了，若說他一開始還保持著幾分王子的尊嚴，可是此時此刻，卻如彎折的勁草，不自覺地向著沈傲低頭。

沈傲說完，淡淡地抿了抿嘴，換了一副慵懶的口氣道：「該說的也說了，按本王的吩咐去做，本王保你段氏當國。」

段正聲感激涕零地道：「段氏上下，定然感激殿下大恩大德。」

沈傲哂然一笑，毫不客氣地接受了他的恭維和感激，道：「本王還有事去見這裏的住持，就不多奉陪了。」說罷，便站起來。

段正聲也立即站起來道：「不敢再叨擾殿下，殿下慢走，那住持與段某交好，是否要段某引見一下？」

沈傲搖頭道：「這倒不必。」說罷，牽住趙紫蘅的手，道：「走吧。」

趙紫蘅被沈傲的大手握住，臉上一片緋紅，居然生不出反抗的力氣，只覺得這大手比從前握得更有力，她瞄了沈傲一眼，隨即蹦蹦跳跳地隨著沈傲出了殿裏。

從殿中出來，趙紫蘅奇怪地看著沈傲，咬著唇道：「沈傲，你有沒有覺得你方才有些不同？」

「嗯？」沈傲這時又恢復了讀書人的模樣，笑吟吟地道：「怎麼？有什麼不同？」

趙紫蘅猶豫了一下，脫口道：「你的口吻很像官家，比官家還要霸道。」

「是嗎？」沈傲淡淡地反問一句。

趙紫蘅很認真地點頭道：「京城裏的那些親王，沒有一個像你這樣的。」

沈傲呵呵一笑，道：「你想得太多了。」隨後又補上一句：「這樣的話不能對外人說，知道嗎？」

趙紫蘅的眼中閃過一絲狡黠，旋身道：「你是在求我是不是？」

沈傲不理她，拉著她繼續走。

趙紫蘅悻悻然地快步跟上，道：「你既然求我，為什麼一點誠意都沒有？」她朝沈傲眨了眨眼，繼續道：「我不會和任何人說的，連安寧姐姐都不說，這是我們之間的秘密。」

她刻意將「我們之間的秘密」幾個字咬得很重，彷彿這樣，二人之間的關係就比任何人都親密了一層。

沈傲嗯了一聲，不禁道：「不知安寧她們哪裡去了？」

趙紫蘅四處逡巡，朝一個方向指了指：「看，那是我們的隨從。」

沈傲順著趙紫蘅的目光看過去，果然看到一個校尉站在月洞下等待，快步過去。

那校尉朝沈傲行了個禮，道：「安寧帝姬讓卑下在這裏候著殿下，她們已經先去八角琉璃殿了。」說罷在前引路，帶著沈傲和趙紫蘅往佛寺的後院而去。

人煙已經漸漸稀少，足足走了一盞茶，才又看到了一處殿宇，八角琉璃殿的規模不下羅漢殿，頂為黃綠琉璃瓦大建築，殿南石階上雕著盤龍，階下南邊有個小花園，園中有太湖石池塘，很是幽靜，顯然這裏很少有生客，便應當是隆重場合禮佛的場所，只接待達官貴人。

石階下，有兩個小沙彌站在兩邊守著，其中一個見了沈傲等人，便快步過來，比起守衛文淵閣的沙彌要客氣了許多，道：「殿下可是平西王嗎？小僧奉住持之命，已在這裏等候多時了。」

沙彌引著沈傲進入八角琉璃殿，殿中香火繚繞，安寧幾個跪坐在蒲團上喝著茶水。這殿裏占地不小，再加上陳設不多，顯得空蕩蕩的，供奉的居然是一尊銀杏木雕千手千眼觀音像。這尊雕像高達七米，像分四面，每面分四層，各雕手臂千隻，精美之極。

趙紫蘅見了，驚叫道：「看，原來這裏不止是供奉著羅漢，也是供奉觀音菩薩的。」

她這一叫，把靜謐的氣氛都攪亂了，引路的沙彌帶了幾分驚愕，卻又不敢說什麼，讓到一邊，朝與春兒對坐的一個老僧人行了個禮，道：「住持，貴客來了。」

這老僧顯得很是端莊，鬚髮皆白，很有一副仙風道骨的味道，原本還在和春兒說些什麼，這時見了沈傲來，立即從蒲團上站起，朝沈傲深深行了個禮，宣了個佛號，道：「平西王屈尊光臨，小寺蓬蓽生輝，榮幸之至。」

若不是住持這般殷勤，沈傲或許還會有幾分尊敬，可是這個態度，反而讓他心裏有些反感。只是這反感沒有流於表面，吟吟笑道：「大師客氣。」

住持道：「殿下請坐。」

這裏只有蒲團，所謂的坐，自然就是跪坐了。沈傲卻不肯屈膝，一雙眼睛在這殿中四處打量，讓住持略顯尷尬，又叫了一句，沈傲才故意回過神來的樣子，道：

「啊？坐，坐在哪裡？本王一向不喜歡跪在蒲團上的。」

趙紫蘅聽了，也大叫道：「我要搬凳子，不，要椅子。」

他們二人胡鬧起來，確實有幾分不太像話，連安寧都蹙眉起來，低聲道：「紫蘅到這邊來。」

趙紫蘅朝安寧做了個鬼臉：「不去，去了肯定叫我跪在蒲團上，只有我做錯了事，母妃才這樣罰我的。」

住持滿是尷尬，只好吩咐沙彌道：「去搬兩把椅子來。」沙彌立刻去了。

沈傲笑吟吟地向春兒道：「春兒，事情談得如何了？」

春兒似乎覺得沈傲方才的態度有些不妥，便為這住持說話，道：「住持善解人意，非但許諾了邃雅茶坊在這裏設分店的事，還給我和諸位姐姐說了許多佛理呢。」

沈傲卻是慵懶地道：「這麼說，我來遲了，反而錯過了一次洗心革面的機會。」

住持連忙道：「阿彌陀佛，施主若是想聽小僧說些微末的佛理，小僧便再說一遍也是無妨的。」

沈傲敬而遠之地道：「罷了，本王殺業太重，只怕不堪教化，倒是有勞大師費心。」

小沙彌搬了椅子來，沈傲和趙紫蘅一起坐著，其他人只好繼續跪坐，沈傲覺得有趣，頗有些俯瞰眾生的味道，便又叉起了二郎腿。趙紫蘅見了，也學著叉起腿來，只是今日她穿著石榴裙，腿一叉，便露出粉色的小腿來。

沈傲見了大叫：「阿彌陀佛，真是造孽，紫蘅，你這樣會下地獄的。」連忙俯下身去，為趙紫蘅遮蔽春光。

趙紫蘅嘟囔著叫道：「你占我便宜，我告訴母妃。」

住持實在不忍看，只好把臉別過去，倒是蓁蓁和周若撲哧一聲要笑出來。

這住持原本聽說平西王來了，心裏不知打了多少腹稿，想和平西王多親近親近，誰道卻是這個樣子，一時居然不知該說什麼。反倒沈傲先說起來，問這佛寺有多少僧人，寺廟有多少土地，雇了多少人耕種，平時開支如何等等，完全是鴻臚寺寺卿督察下屬寺廟的口吻。住持只好一一回答，不敢有絲毫怠慢。

沈傲便道：「這麼說來，相國寺每年的盈餘不在十萬貫之下了?好，好得很，我大宋若是多幾座這樣的寺廟，豈不是好得很？」

住持聽得雲裏霧裏，乾脆胡亂答應幾句。

沈傲也覺得無趣，便起身道：「罷了，本王公務繁忙，下次再來吧。」

女眷們見沈傲動身，也都站起身來，客氣地與住持道別。

一干人出了寺廟，安寧走到沈傲跟前，道：「王爺方才太無禮了。」

沈傲嘆了口氣道：「菩薩普度眾生，不會見怪的。現在時候還早，倒不如我們再隨處逛逛。」

安寧聽了，滿心歡喜地道：「好，我聽說清河坊最是熱鬧，不如我們去那裏。」

蓁蓁在後頭拼命咳嗽，周若已經笑得直不起腰了。

安寧一頭霧水，問：「周若姐姐爲什麼笑？」

唐茉兒憋紅著臉道：「那裏只有男人才去的。」

安寧還是不明白，周若才止了笑，道：「那裏熱鬧是熱鬧，就是青樓多了一些。」

安寧的臉騰地紅了，咬著唇不說話。

趙紫蘅朝沈傲道：「快從實招來，你是不是經常去那些烏七八糟的地方？」

沈傲本來在看安寧笑話，誰知竟殃及到他，立即正色道：「本王是讀書人，是大宋頂呱呱的讀書人，怎麼會去那種地方？想想都可怕。」

倒是春兒笑吟吟地替沈傲解了圍，道：「你看，紫蘅還未過門就這樣上心了。」

趙紫蘅也不禁臉紅，居然一下子安靜了不少。

# 第一四五章 引蛇出洞

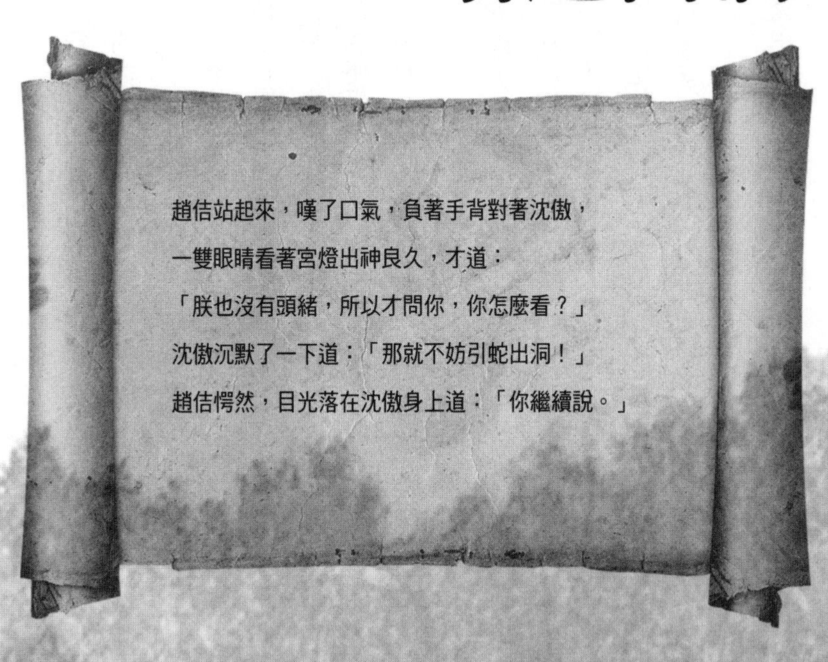
趙佶站起來，嘆了口氣，負著手背對著沈傲，
一雙眼睛看著宮燈出神良久，才道：
「朕也沒有頭緒，所以才問你，你怎麼看？」
沈傲沉默了一下道：「那就不妨引蛇出洞！」
趙佶愕然，目光落在沈傲身上道：「你繼續說。」

足足逛了一天，沈傲一行人才回到平西王府，此時天色已經暗淡，只有平西王府屋脊的琉璃瓦上，散發出淡淡的霞光光暈。

沈傲率先下馬，劉勝疾步出來，道：「殿下，吳筆吳大人來了。」

沈傲用輕鬆的口吻道：「本王知道他要來，沒事就好，人在哪裡？帶我去見他。」到了正殿。吳筆疲倦地坐在殿中等待，見是沈傲來了，立即道：「殿下。」

沈傲呵呵笑道：「叫沈兄，殿下叫得生分了，你什麼時候來的？不會是還沒有用飯吧？正好，今夜就在這裏留個便飯。」

吳筆笑道：「這時候哪裡有心情吃飯？今日到了諮議局，差點沒被嚇死，虧得沈兄還有閒工夫出去玩。」

沈傲坐下，叫人給吳筆換了新茶，道：

「我知道你不會有事，你的性子和你爹一樣，圓滑得很，也不會讓那些讀書人抓到你的把柄，他們沒有藉口，怎麼滋事？」

吳筆正色道：「我來見沈兄是因為一件事，今日諮議局裏這些士子的話，我已叫人記下來了，許多話原本是想送進宮裏頭去的，可是想了想，還是先讓沈兄過目一下才好。」

沈傲頷首點頭。吳筆拿出幾份文書出來，道：「這是摘抄下來的一些，沈兄可以看看，其他的還放在諮議局裏。」

沈傲接過，看了一會兒，像是早有預料似的，笑道：

「他們說出這些話來並不稀奇，尤其是這麼多讀書人聚在一起，膽子也就壯了；再加上這麼多人看著，自然要說些擲地有聲的話。」

吳筆道：「只是不知道這些陳詞該如何處置，是送進宮裏去，還是付之一炬？」

沈傲淡淡道：「送進宮去，一個字都不要更改。」

吳筆憂心忡忡地道：「這裏頭有不少言語對沈兄……」

沈傲撇撇嘴道：「到了我這地步還怕人說嗎？說起來，這些陳詞，倒是幫了我的大忙。」

吳筆鬆了口氣道：「這樣就好，那明日一早，我便送進宮裏去，不知沈兄還有什麼吩咐？」

沈傲笑道：「吳兄如今也學會官場上的客套了。我哪裡有什麼吩咐？你是諮議局郎中，我是天不收的平西王，大家各做各的事，吩咐兩個字以後不必說了。」

吳筆頷首點頭，道：「不說就不說，那我先告辭了。」

沈傲站起來道：「不在這裏吃個飯再走？」

吳筆苦笑道：「實在沒有胃口，這些陳詞還要整理一下，沈兄，告辭。」

將吳筆送出去，沈傲的臉色才變得凝重起來，目送吳筆的轎子越行越遠，沈傲將劉勝叫來，道：「去給陳先生傳個信，有人要冒頭了。」

劉勝道：「這時候只怕城門要關了。」

沈傲哂然一笑，道：「那就明日一大清早送出去，告訴陳先生，郭家莊的事全部拜託先生，汴京的事本王自己來。」

書生進言的事，很快就傳開了，當天夜裏，李邦彥就察覺有些不對勁了。這些書生會說什麼，那姓吳的會不會呈入宮中去？有些話是決不能亂說的，陛下是什麼人？最是感情用事，一旦觸怒到他頭上，事情就不好收拾了。

李邦彥想動身去東宮一趟，剛剛換了衣服，卻又搖搖頭，不成，這時候去也是於事無補，再者說，反而有可能會引起東宮的猜忌。

李邦彥不禁悵然若失，若是與他合作的是蔡京，而不是東宮，就不必有這麼多擔憂了，天下之間，只怕也唯有蔡京能與平西王抗衡吧。

李邦彥一夜都沒有合眼，清早起來便心神不屬地趕到門下省，劈頭就問：「有呈送御覽的奏疏嗎？」

負責整理奏疏的錄事立即道：「哪天沒有呈送御覽的奏疏？門下問的是哪一份？」

「諮議局的。」李邦彥道。

錄事一頭霧水地道：「這個倒是沒有看到，只是聽說中書省接到了許多諮議局的陳詞。正在核驗，再直接呈報入宮。」

李邦彥闔著眼，立即明白了，便道：「爲何不送到門下省來，反而送到中書省去？」

錄事道：「是諮議郎中的主張，再者說，這也不算是正式的奏疏，中書省也有上達天聽的干係。」

李邦彥吁了口氣，道：「叫人去打聽一下，中書省核查的是什麼陳詞，去吧。」

錄事應了一聲要去，李邦彥又突然叫住他，一臉黯然地道：「不必了，事已至此，就是打聽出來了什麼，又有什麼用？盡心署理公務吧。」

他一步步走到耳室裏去喝茶，心裏想，或許這並不算什麼壞事，君心難測，誰知道陛下看到這些陳詞會想什麼？走一步看一步吧。

中書省距離門下並不遠，這時候石英也已經到了，與李邦彥相比，石英的臉色也好不到哪裡去，眼下整個汴京就像是煮開的開水，誰也不知道誰才能笑到最後。

他進了衙堂裏，交代了幾句話，一名書令史道：「大人，諮議郎中吳大人來了。」

石英頷首點頭，道：「人在哪裡？」

書令史引著石英到了一處靜謐的耳室，吳筆果然已經等候多時，見了石英進來，立即起身作揖道：「下官見過中書大人。」

石英含笑客氣地壓壓手，道：「不必多禮，來，坐下說話。」

吳筆欠身坐下，石英喝了一口茶，抬眸道：「你父親在泉州還好嗎？」

吳筆道：「身體還算康健。這一趟下官來，是送一些諮議局的陳詞來，請中書大人代爲呈送御覽。」

石英道：「噢？是什麼陳詞，拿來看看。」

吳筆訕笑道：「陳詞太多，這裏有一份是大致的內容，請中書大人過目。」

石英接過只略略掃過一眼，臉色驟變，語氣不善地道：「這樣的東西怎麼能送上去？還嫌現在不夠亂嗎？」

吳筆道：「這是平西王的主意。」

石英臉色又歸於平靜，淡淡道：「平西王的意思？」

吳筆點頭。

石英不禁露出一臉疑惑，從椅上站起來，慢慢踱步道：「這樣做對平西王到底有什麼好處？」他負著手似乎領悟到什麼，隨即淡淡道：「好吧，把東西放下，老夫這便入宮。」

吳筆頷首點頭，作揖告辭。

石英對吳筆道：「諮議局眼下是一鍋亂粥，小心一些，明哲保身才是正理。」

送走了吳筆，石英將吳筆送來的陳詞認真細看了一遍，這樣的陳詞足有百封之多，幾乎是眾口一詞，力保東宮咒罵平西王，石英不禁苦笑，叫了個胥吏過來道：

「準備好轎子，老夫要入宮面聖。」

從中書省出來，直接坐轎子到正德門。在文景閣外頭，內侍去通報，石英聽到裏頭趙佶的聲音道：「叫他進來吧。」石英跨檻進去，臉上帶著笑容，抱著那裝滿陳詞的錦盒，恭恭敬敬地給趙佶行了個禮。

趙佶似是剛剛寫完了字，擱下筆，淡淡笑道：「石愛卿怎麼有閒入宮來了？」

石英和趙佶寒暄了幾句，趙佶不動聲色地道：「無事不登三寶殿，石愛卿進宮，只怕未必是要和朕說閒話這麼簡單。說，又出了什麼事？」

石英跪下道：「諮議局上百士人一起陳詞，要上書陛下，老臣在中書省剛剛接到的，還請陛下御覽。」

讀書人是大宋的基石，自然不能怠慢。趙佶含笑道：

「這樣才是讀書人該做的事，有什麼話，盡可上書，為什麼要鬧事？拿過來朕看看，朕倒要看看我大宋的讀書人都是什麼心思。」

趙佶抖擻起精神，讓人收拾了書案，撤下了筆墨紙硯。

石英將錦盒放置在御案上，趙佶含笑道：「愛卿坐下少待，朕看看再說。」

石英只好依命退回錦墩，欠身坐下，惴惴不安地看著趙佶。

楊戩拿了一個燈架過來，笑吟吟地道：「陛下要愛惜眼睛，不是老說眼神不好使了嗎?昏昏暗暗的怎麼看東西。」

楊戩將燈架移近了些，整個御案通亮起來，趙佶呵呵一笑，取出第一份陳詞，笑道：「不必嘮叨，這是正事。」

時間過得很慢，燭臺上的光芒搖曳跳躍著，映入了趙佶幽幽的眼眸中。趙佶靠在椅上，拿著陳詞一份份看過去，他的表情漸漸變得凝重，雙眉微微皺起，胸口起伏不定，似乎是在克制著什麼。

楊戩一見趙佶這個樣子，就察覺出了一點不同，整個文景閣霎時像是冰封了一樣，讓楊戩不禁緊了緊衣襟。

坐在錦墩上的石英也感受到了其中的變化，他默默地在心裏嘆了口氣，等待接收雷霆雨露的君恩。

趙佶居然一份陳詞都沒有落下，足足用了兩個時辰，才將一百多封陳詞全部看完了，當最後一份陳詞放回御案，趙佶抬起眸來，才發現石英還在，淡淡地道：「石愛卿還沒有走？現在是什麼時辰了？」

趙佶的語氣出奇的平淡，單從臉上看不出任何的喜怒。

楊戩道：「午時三刻，陛下該用午膳了。」

趙佶點點頭，笑道：「朕的肚子還不餓，石愛卿，朕問你，這些東西是誰呈上來的？」

石英道：「是諮議郎中吳筆，吳筆在諮議局就任，見讀書人鬧得厲害，索性叫人將讀書人的言談記下來；又覺得這些話干係太大，不敢隱瞞，所以才托中書省呈上來。」

趙佶頷首點頭，道：「他這樣做很好，楊戩，召吳筆來。」

楊戩連忙去了。

趙佶又與石英說了幾句閒話，語氣還算中肯，也不見雷霆大怒的徵兆，只是問些平素朝臣的事，石英一一答了。

趙佶突然問道：「朕聽說吏部尚書程江與太子交從過密對不對？是了，這程江是蔡京舉薦上來的。」

石英不知趙佶爲什麼這樣問，警惕地道：「關係是近了一些。」

趙佶點頭道：「李邦彥呢，李邦彥與太子有什麼關係嗎？」

石英道：「關係尚可。」

趙佶嗯了一聲，笑道：「太子是我大宋的儲君，如今朕讓他參與了一些政事，石愛卿認爲太子還算滿意嗎？」

石英連背脊都被冷汗浸透了，這句話也不知是官家當真詢問太子的能力，還是故意來試探他石英，石英略一猶豫，道：

「陛下，太子天資過人，陛下交代給他的事總是能做到十全十美，滿朝的文武都說太子賢明，不過……」

石英不忘小小地拍了一下趙佶的馬屁：「老臣卻以爲，太子能有今日，與陛下的悉心教導是分不開的。」

趙佶呵呵一笑，便道：「石愛卿可以走了，你年紀老邁，想必現在也餓了，吃些茶點去吧。」

石英鬆了口氣，起身作揖道：「老臣告退。」

石英從文景閣裏出來時，正好看到楊戩領著吳筆迎面過來，楊戩走近了些，與石英打招呼：「衛郡公這就出宮嗎？」

石英語氣溫和地道：「對，陛下還在文景閣裏。」

楊戩呵呵一笑，繼續領著吳筆往文景閣過去，吳筆沒有和石英說什麼話，只是與他對視了一眼，吳筆幾乎可以看到石英用一種謹慎的表情朝他搖了搖頭。

「微臣吳筆，見過皇上，吾皇萬歲！」吳筆進入文景閣，拜倒在地。

趙佶淡淡笑道：「你是宣和三年還是四年的進士及第是不是？朕在殿試的時候還親自考校過你。」

吳筆道：「殿試時承蒙陛下教誨，微臣至今銘記在心。」

趙佶不無欣賞地點了點頭，道：「起來說話吧，這裏不是講武殿，沒有這麼多規矩。楊戩，賜坐。」

吳筆還沒有坐穩，就聽到趙佶淡淡道：「朕問你，你呈上來的這些陳詞，都是諮議局的士人親口說的？」

吳筆道：「微臣豈敢偏頗，每一字每一句都是出自士人之口。」

趙佶靠在椅子上，笑道：「平素的時候，士人們也是這樣議論朝政的嗎？」

吳筆搖頭道：「這個微臣就不知道了，微臣只是昨日才上任，不過第一日上任，聽到士人們議論的就是這些。」

趙佶嗯了一聲，道：「你做得很好，往後諮議局的言談，都要記錄存檔，朕隨時要看。朕聽說你與平西王是好友，是不是？」

吳筆道：「平西王不以微臣官職卑微，時常親近，與微臣是莫逆之交。」

趙佶突然問：「可是你知道這陳詞裏，有許多話對平西王很不利嗎？」

吳筆一下子頓住了，好在他爲官已經數年之久，早已歷練出了一點處變不驚，愕然之色一閃即逝，正色道：

「陛下，微臣與平西王是朋友之義，與陛下是君臣之恩，自古忠義不能兩全，吳家世受國恩，這麼大的事豈敢欺瞞陛下？所以不管這陳詞中說了些什麼，微臣非呈上御覽不可。」

趙佶爽朗一笑，道：「你做得很對，你和你的父親都是忠臣。」

誇獎了一番，才令吳筆退出去，整個文景閣裏就只剩下了趙佶和楊戩，趙佶朝楊戩努努嘴，道：「出去看看，讓外頭的人不要靠得太近。」

楊戩領命去驅散外頭的宮人，等回到文景閣時，才現整個文景閣已是一片狼藉，錦盒裏裝著的陳詞散落得到處都是，趙佶的臉色陰沉，將手中一份陳詞撕成了碎片，惡狠狠地道：

「這背後一定有人在挑唆，哼，好一個賢明的太子，沒了他，朕要做亡國之君了？是誰讓這些人這麼說的？到底是誰在和太子密謀這些事？不簡單，絕不簡單，查，徹查！」

楊戩嚇了一跳，噗通跪下，道：「陛下息怒。」

趙佶陰惻惻地道：「息怒，你讓朕如何息怒？」

他彎腰拾起一封陳詞，打開來念道：

「東宮者，國之重器也，陛下因小失大，一旦廢黜東宮，則天下不安，況且東宮賢明，禮賢下士……」

趙佶語速極快地念下去，最後將這陳詞拋擲於地，眼眸中射出重重的殺機：「你還不明白嗎？有人在收買人心，這是圖謀不軌！字裏行間，你看到了什麼？」

楊戩魂不附體地道：「奴才不知道。」

趙佶冷笑道：「你當然不知道，可是朕知道，朕無論如何也想像不出東宮居然已經得到了這麼大的聲望，朕對士人優渥，士人們就是這樣待朕的？還有……還有……」

趙佶彎下腰去又拾起一份陳詞，道：

「你看看這上面怎麼說？哼，朕寵幸奸佞，施政失當，還說太原地崩是上天的警示，如今若是再廢黜太子，陰陽失和，則天下分崩……哈哈……好大的口氣，若是這背後沒有人讓他們這麼說，一群儒生，一群讀書人，怎麼會信口雌黃，不分黑白？」

趙佶用手指著地下的陳詞，怒不可遏地道：

「朝廷裏出了奸佞沒有錯，這奸佞就藏在朝中，朕要一個個地把他們揪出來，把這些幕後黑手，串聯在一起擾亂視聽、一心要做從龍之臣的奸佞連根拔起。」

他陰沉著臉，負著手，狼藉的在文景閣裏踱步，咬牙切齒地道：

「這件事到底是太子的主意，還是下頭的人投其所好，朕要查清楚，不過現在不能輕舉妄動。楊戩，你來說說看，朕該怎麼辦？」

楊戩終於明白了，這些讀書人已經觸摸到了逆鱗，陛下對其他的事都不上心，可是對這種事卻是緊張萬分的，更何況，下頭突然瘋傳陛下要廢黜太子，這消息到底是怎麼來的？這個傳聞對誰最有利？只要稍稍一想，也就明白。

以趙佶的心機，若是不知道這背後有人搗鬼、下頭有人在造勢那才怪了。

楊戩苦笑道：「老奴也沒什麼主張……不如……還是聽聽平西王的意見吧。」

趙佶沉思了片刻，頷首道：「你說得也對，朕現在心亂得很，這些陳詞都是罵他沈傲的，那就讓沈傲來，讓他來拿主意。」

楊戩道：「老奴這就去宣平西王進宮。」

他快速地從文景閣裏出來，吁了一口氣，心裏想，這世上有一種人，越是天下人反對的，反而地位越是穩固，這世上還有一種人，越是天下人擁護，反而會得來猜忌。

前者是權臣，正如沈傲這般，已經到了一人之下、萬人之上的地步，天下人反對他，天家才會心安，才不會生出疑心。後者是東宮，老皇帝還沒死，這個未來的皇帝就已經被人哄抬起來，這算是怎麼回事？可莫要忘了，歷來的皇家都是父子相殘的多，老皇帝還未享受夠，太子又等不及，這矛盾永遠化解不開，也永遠不能調和。

偏偏這些讀書人，也不知到底是不是擁護太子，可是這時候，他們絕對是幫了太子一個倒忙。楊戩想到方才趙佶的臉色，不禁打了個冷戰，快步出宮，騎了馬，飛快地向平西王府去。

到了平西王府，中門大開，劉勝親自迎出來，道：「楊公公怎麼來了？可是來見殿下的？快下馬，我這邊去給殿下通報一聲。」

楊戩來不及寒暄，正色道：「不必了，立即叫平西王來見咱家，陛下有口諭。」

楊戩只等了片刻，沈傲就穿著儒衫出來，笑吟吟地道：「秦山大人怎麼來了？來得早不如來得巧，走走走，先進府中說。」

楊戩坐在馬上不肯下來，道：「你先上馬，隨雜家入宮，陛下傳見，有要事要交代你。」

沈傲道：「出了什麼事？」

楊戩急促地道：「先不必問，到了宮中自然知道。」

沈傲叫人備了一匹健馬來，隨楊戩火速入宮。到了文景閣，看到文景閣內一片狼藉，趙佶穿著一件袞服，正色端坐在御案之後，整個人無形之中散發著一股君臨天下的氣勢。

「陛下……」

沈傲這一次並沒有叫沈傲就坐，淡淡道：「把地上的東西撿起來看看。」

沈傲彎腰隨手撿起一份陳詞，認真端詳了片刻，隨即苦笑道：

「這奏疏裏說微臣貪瀆，這個，微臣確實手腳不太乾淨。又說微臣不太檢點，哈哈，這個也不算冤枉了微臣，至於什麼橫行無忌之類，多少也有一些……」

誰也不曾想到沈傲居然承認得這麼坦率，只見沈傲在停頓之後板起臉來，正色道：

「可是要說微臣心懷不軌，陛下，微臣品行雖然不端，卻萬萬不敢做對不起陛下的事，請陛下明察，還微臣一個清白。」

趙佶語氣緩和，道：

「朕讓你看這個，就是知道這些都是子虛烏有，這裏頭說了你，也說了東宮，沈傲，你老實回答朕，東宮當真如此賢明嗎？」

沈傲呵呵一笑道：「陛下要聽真話？」

趙佶頷首點頭道：「當然是真話。」

沈傲嘆了口氣，道：

「太子在天下人跟前賢明不賢明，在於陛下在天下人跟前賢明不賢明。若陛下賢明，則天下人都沐浴皇恩，巴不得陛下享國萬年，哪裡顧及得上太子？可要說百姓對陛下畏之如虎，不管太子是否賢明，便都期望陛下早早退位，太子至少在天下人心中多了一個盼頭。」

趙佶拍桌子怒道：「胡說八道。」

沈傲的這個理論，完全將趙佶和太子對立了起來，其實這也難怪，稱讚太子，尤其是這般肉麻的熱捧，無疑是許多人對太子生出某種希冀，就如隋煬帝那個暴君一樣，天下人苦之久矣，便會想，若是當時是太子楊勇即位，必然又是另外一番局面，於是許多人懷念楊勇，並爲之惋惜。

這就是人性，楊勇或許與隋煬帝同樣暴戾，可是天下人恨隋煬帝，才會堅信楊勇賢明。李建成與李世民或許同樣賢明，卻沒有人去爲李建成招魂。

趙佶怒道：「朕即位近三十年，天下昇平，百姓咸安，莫非天下人都認爲朕是昏君嗎？」

沈傲回答道：「臣說的是天下人，可是這上奏疏的士子並不能代表天下百姓，所以臣以爲，是這些士子認爲陛下略有不足。」

趙佶冷笑道：「沒這麼簡單，朕待讀書人一向優渥，他們定是受了蒙蔽才如此，是誰蒙蔽了他們？這件事朕不能姑息，定要徹查到底，朕叫你來，便是命你徹查此事。」

沈傲微微一愣，道：「陛下，這個如何著手？」

趙佶站起來，嘆了口氣，負著手背對著沈傲，一雙眼睛看著宮燈出神良久，才道：「朕也沒有頭緒，所以才問你，你怎麼看？」

沈傲沉默了一下道：「那就不妨引蛇出洞！」

趙佶愕然，目光落在沈傲身上道：「你繼續說。」

沈傲笑道：「說來也簡單，若當真是有心人在背後操縱，就絕不可能只是在諮議局裏慫恿士子這麼簡單，陛下，現在他們只是在造勢，造勢之後，只怕就要動手了。」

「動手？」趙佶狐疑道。

沈傲抿了抿嘴，道：

「他們的目的或許是陛下，或許是微臣，可是不管怎麼說，既然鬧出這麼大的動靜，就一定會跳出來。請陛下稍事忍耐，且看他們最後玩些什麼把戲。」

趙佶頓然醒悟，淡淡笑道：「朕明白了。」

他陰沉著臉繼續道：「那就讓他們鬧吧，朕要看看，誰會浮出這水面來。」

沈傲笑道：「陛下英明。」

打馬回到平西王府，才發現時候不早，劉勝在門口為沈傲牽住馬，笑呵呵地道：「王爺像是有心事的樣子。」

沈傲嗯了一聲，翻身下馬，將馬交給劉勝，道：「人無遠慮、必有近憂，是人都會有心事，你不必瞎想。陳先生那邊，你送了口信嗎？」

劉勝頷首點頭道：「陳先生讓我轉告殿下一句，請殿下一切小心爲上。」

沈傲鄭重地點頭，大剌剌地從中門進府，對追上來的劉勝道：「收拾一下書房，從今日起，我就在書房裏暫時先待著，沒有大事不要打擾。」

劉勝知道，沈傲一旦遇到了有重要事的時候，喜歡將自己關在書房裏，便滿口答應下來，小跑著帶人張羅去了。

# 第一四六章 誰家天下

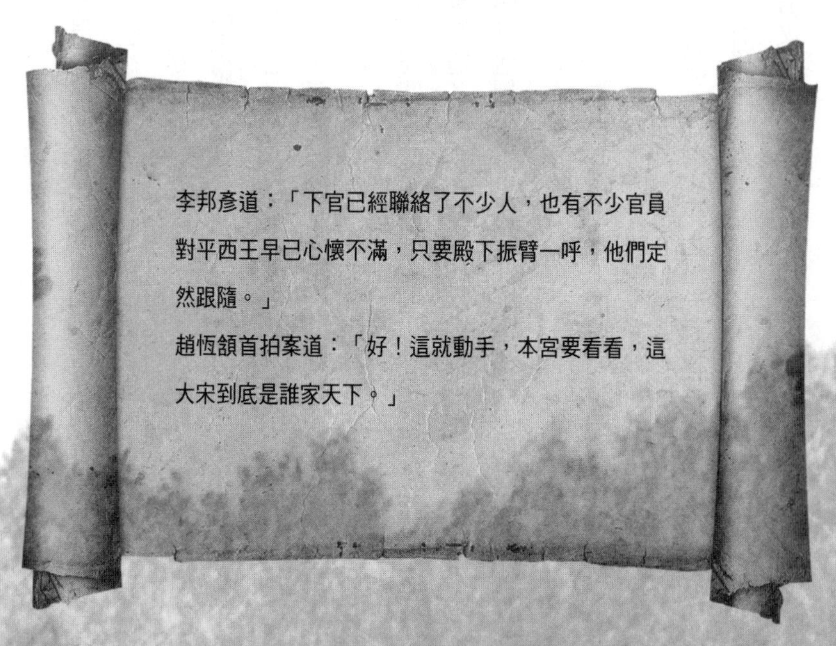

李邦彥道：「下官已經聯絡了不少人，也有不少官員對平西王早已心懷不滿，只要殿下振臂一呼，他們定然跟隨。」

趙恆頷首拍案道：「好！這就動手，本宮要看看，這大宋到底是誰家天下。」

平西王入宮覲見的消息很快傳開，李邦彥在門下省聽到消息時，手裏還拿著上一年戶部的府庫開支奏疏查驗，聽一個胥吏喋喋不休地訴說細節，李邦彥的身體不禁僵了一下，眼睛雖然落在奏疏上，可是心神卻亂了。

這個時候陛下召見平西王做什麼？莫非和諮議局有關？李邦彥焦灼不安地等到傍晚，從門下省出來，坐在轎子裡，直接叫人往東宮去。

這時候，程江也已經到了，二人居然在東宮門前碰了頭，程江朝李邦彥笑道：「李門下也來了？」

李邦彥只是點點頭，忍不住問：「諮議局裏的士人到底說了什麼？不會出事吧？」

程江笑道：「老夫怎麼知道？走，先進去見太子殿下。」

二人一齊進去。趙恆聽見他們來了，快步迎出來，二人向趙恆行了禮，趙恆笑吟吟地道：「走，到殿中說話。」

到了殿裏，趙恆率先道：「本宮已經得到了消息，諮議局已經上達了天聽，是那姓吳的通過衛郡公遞上去的，衛郡公在宮裏待了兩個時辰，平西王才被宣入宮中。本宮已經讓人打聽陛下對平西王到底說了什麼，不過，」趙恆遺憾地道：「當時宮中的內侍都被遣散開去，知道奏對的只有楊戩一人。」

李邦彥道：「莫非沈傲又花言巧語……」

程江打斷他道：「這也未必，陛下宣平西王，或許是問罪也不一定。」程江皺眉道：「可是平西王又安然無恙地從宮中出來，可見他的聖眷，陛下難道就真的如此放任他？」

趙恆冷靜地坐在椅上，慢吞吞地喝了一口茶，很是苦惱地道：「現在是兩眼一抹黑，宮裏的心思猜不透，說再多也是枉然。」他沉默了一下，才又道：「不能再等了，李門下，是不是該讓朝臣們動手了？」

李邦彥道：「下官已經聯絡了不少人，也有不少官員對平西王早已心懷不滿，只要殿下振臂一呼，他們定然跟隨。」

趙恆頷首拍案道：「好！這就動手，本宮要看看，這大宋到底是誰家天下。」

郭家莊。

暮色西沉，暮靄飄忽，遠處影影綽綽的松枝上停著幾隻老鴉，撲哧撲哧地在林中轉悠，哀鳴陣陣。

靠近松林的，是一處供商旅休憩的小客棧，從前這客棧熱鬧得很，後來隨著郭家莊的興廢也就蕭條下去，卻不知是誰突然將這裏盤了下來，繼續開門做生意。

這掌櫃雇了幾個夥計，只是一天也難得見到一個客人。就算偶爾出城踏青的遊人在這裏小憩，也不過是進來喝一壺茶，就著一碟茴香豆子胡亂吃一些，生意極其慘澹。

這家客棧的掌櫃並不常來，每次過來都是行色匆匆，正在這日落西沉的功夫，夥計們有一搭沒一搭地倚在門前打盹兒，卻聽到外頭傳來馬蹄聲。

「是掌櫃的來了。」兩個坐在長條凳上倚著門的夥計打起精神，扶了扶長巾帽子，飛快地過去給掌櫃的牽馬。

這掌櫃四十來歲，面色陰沉，一雙眼眸如錐入囊，從馬背上翻身下來，照例詢問了生意的事，隨即道：「去把徐塘叫來。」

他進了客棧，上了二樓的上房，過了片刻功夫，便有個短裝打扮的書生進來，朝掌櫃躬身行禮道：「東家今日來得怎麼這麼晚？」

掌櫃坐在椅上，並不與他寒暄，開門見山道：「最近有什麼消息？」

徐塘正色道：「又有兩百多個新招募的人進了莊子，這麼算下來，人數至少在一千三百人之上，每日都有從汴京的車馬進去，大多都是運糧食和一些蔬果來的，可是前日清早，卻來了三十多輛大車，大車用氈布蒙得嚴嚴實實的，車軸的印記很深，這車裏帶著的東西分量只怕不輕。」

掌櫃的眼中閃過一絲精光，道：「你再說明白一點。」

徐塘道：「車裏裝的東西並不多，卻厚重無比，除了金鐵，學生已經想不出還有什麼東西了；依學生看，那車裏裝的應當都是兵器。」

「兵器！」掌櫃吸了口氣，繼續問：「千真萬確嗎？」

徐塘苦笑道：「只有九成把握。」

掌櫃倚在椅子上，手指在椅柄上打著節拍，闔目沉思了片刻，道：「來不及細查了，老爺說過，箭在弦上不得不發，你知不知道，後天就是月中，正是大朝議的時候。」

他沉默了片刻，站起來道：「明日把這客棧撤了吧，該查的也查得差不多了，這麼多人在這裏，這就是鐵證。」

徐塘道：「那待會我就把消息傳出去，讓大家做好準備。」

掌櫃淡淡道：「辛苦你了。」

二人說了一會兒閒話，掌櫃便在這上房歇下，客棧又沉靜下來，天色不早，生意又慘澹得出奇，因此這裏關門得也早，新月剛剛上了枝椏，便開始上起門板準備歇業。

在二樓的上房裏，向遠處眺望就可以看到郭家莊的輪廓，掌櫃在上房推開窗，遠望那燈火通明、人聲嘈雜的莊子。

郭家莊與客棧相比顯得熱鬧多了，一排排屋舍裏燈火通明，每排屋舍都捨得給油燈添油，燈光明亮；在燈下，是並肩而坐的壯丁，他們白日操練，夜間也不能閒下，都要在室內聽博士講學。

這裏自然不教授什麼四書五經，課程多以各地語言、飲食、習慣爲主，偶爾也會教授一些做生意、算賬、做工、還有暗語、夜行之類的常識。

從郭家莊出去之後，他們會改頭換面，或稱爲店夥，或去做貨郎；有的甚至去衙門裏做差役，甚至還有人成爲船工，所以許多知識就算未必讓他們精通，至少也要他們有所涉及。

這樣的日子枯燥到了極點，不過對這些流民來說，能有個營生，每月有銀錢養家糊口，實在是幸運的事，所以不管教官、博士如何折騰，他們都能忍受，也沒有人發出什麼怨言。

靠近校舍的大堂裏，就是陳濟起居辦公的地方，一處獨門的廳堂，兩邊還有耳室，夜已經深了，功課也已經安排了下去，陳濟獨自斟了一壺茶坐到榻上。

榻上是一個長几，几上有棋盤，棋局顯然已經亂了，陳濟隨口喝著茶，目光幽幽地落在這殘棋上，一動不動。

燭光冉冉跳躍，映照在陳濟平靜的臉上，他喝了一口茶，臉上浮出一絲疲倦。

過了一會兒，外頭傳來匆匆的腳步聲，陳濟並沒有動，等到一個人影踏入這耳室裏，陳濟只是道：「城裏有什麼消息？」

來人隱在昏暗燭光照不到的地方，看不到他的臉，他淡淡道：「殿下已經入宮了，從宮裏平安出來，李邦彥從門下省出來就立即去了東宮。」

「嗯，那吏部尙書如何了？」

「程江也去了東宮，他們出來的時候並沒有說什麼話，像是發生了爭吵。」

「爭吵？」陳濟抬眸。

「是，李邦彥一副心事重重的樣子，而那程江卻是躊躇滿志。」

陳濟頷首點頭道：「還有呢？」

「當天夜裏，李家的下人拿了名敕，四處去拜訪朝中各家大人，都是平時和太子、李邦彥交好的，拜謁的人都已經記下來，總計是七十三人。」

陳濟吁了口氣，道：「看來他們是要在大朝議的時候有所作爲了。」

「要不要將這些消息送去給殿下？」

陳濟搖頭道：「不必啦，殿下比你我清楚，你下去吧，再有什麼消息，立即告訴老夫就是。」

陳濟喝了口茶，方才進來的人悄悄退了出去，陳濟突然喃喃道：

「校尉、探子、還有十億貫的家財，如今又是監國西夏，他會君臨天下嗎？」

陳濟仰起頭來，看著房梁，一雙眼眸像是穿破了屋瓦，臉上浮出一絲冷笑，淡淡地道：「這麼多人的身家富貴維繫在他的身上，他脫不開。」

一夜過去，清晨的曙光從雲霧中揮灑而出。

平西王府已經裝束一新，幾十輛馬車停在王府外頭，除此之外，還有一千校尉騎著馬，披紅帶綠，熱鬧到了極點。

爆竹響了起來，沈傲跨上馬，得意洋洋的坐在馬上，大叫：「出發！」隊伍開始動了，前方校尉們騎馬開路，還有京兆府的差役打著銅鑼舉著牌匾，沈傲被人簇擁著過了街道。

沈傲的心情極好，倒不是真要去娶新娘子，而是去晉王府送六禮，時間還是在昨天定的，他從宮裏出來，突然道：「明天不錯，是訂親的好日子，好，就這樣決定了，明日去求親。」說罷，把劉勝叫來，好一通的吩咐，彩禮連夜就準備好了，京兆府、武備學堂也通知了，就是晉王府事先也打了招呼。

晉王府連夜叫了個人來問：「怎麼這麼快？」

沈傲回答說事不宜遲，擇日不如撞日之類。這樣的回答，讓晉王很不滿意，覺得這傢伙有什麼陰謀似的，可是人家要來，那也擋不住，乾脆就不搭理了。

迎親的隊伍迤邐得老長，所過之處，有不少人歡呼，雖說諮議局把沈傲罵了個狗血淋頭，可是沈傲在民間的聲望還算不錯，沈傲見大家捧場，便得意洋洋地坐在馬上對大家招手，叫人分糖果一路散出去。

偶爾有幾個書生過來看看，隨即露出鄙夷之色，不過這樣的人畢竟是少數，足足用了一個時辰，送彩禮的隊伍才到了晉王府門口。

沈傲穿著尨服戴著梁冠，下了馬，看晉王府大門緊閉，後頭的校尉道：「殿下，我們去打門。」

沈傲叉著手，道：「這種事當然是本王親自來，讓開，讓開。」說罷，走上前去，狠狠地拍門，道：「開門，開門，乘龍快婿上門來了！」

裏頭門房傳來嗡嗡的回答：「殿下恕罪，我家王爺說這門不開的。」

周恆突然竄出來，大叫道：「他們這是逼我們破門而入了。」

沈傲去拍周恆的腦門，訓斥道：「破門而入？你當這是打家劫舍嗎？懂點規矩，這門撞壞了，最後還不是要花老丈人的錢去修繕？老丈人的錢就是表哥的錢，你這是砸晉王府還是砸你表哥？」

周恆立即心虛，整個人矮了一截，道：「那怎麼辦？」

沈傲呵呵笑道：「架梯子！去，快叫人去搬梯子！」

幾個校尉一哄而散，要去尋梯子，那些好事的人便大叫：「到我家搬，我家裏有梯子。」

還有人大笑道：「衝進去把郡主搶出來！」

這時有人將梯子取了來，大家紛紛給抬梯的校尉讓開一條道路，晉王府裏頭似乎也察覺了不對勁，這時候終於打開了一條門縫，晉王趙宗賊眉鼠眼地探出半個腦袋，吹鬍子瞪眼道：「臉皮太厚了！」

沈傲立即去推門，周恆幾個過來幫手，一下子將中門打開了。

趙宗便一本正經地攔住沈傲的去路，對沈傲道：「平西王來本王這裏有何貴幹？」

沈傲毫不客氣地道：「來給泰山大人送六禮了。」

趙宗瞪大眼睛道：「本王只愛王妃，又沒有斷袖之癖，你給本王送六禮做什麼？」

沈傲大是汗顏，立即作揖道：「是給郡主送六禮來了。」

趙宗端著架子道：「清河郡主確實待字閨中，可也沒有許給你，你爲什麼來送六禮？」

沈傲語氣不善起來，道：「王爺這話我就聽不懂了，明明是你在督促說郡主嫁不出去，再不來送禮就要成老姑娘的。」

趙宗吹起鬍子道：「是嗎？本王說過嗎？」他立即心虛了許多，只好道：「好吧，你先到廳中去坐。」

一行人熱熱鬧鬧地到了廳裏，晉王妃已經正襟危坐地等候多時。

趙宗與王妃並排坐下，沈傲毫不客氣地坐在左側，周恆幾個校尉也不客氣地要坐，卻被幾個王府的僕役驅趕：「喂喂，王爺沒讓你們坐，到外頭去等著。」

周恆叫道：「豈有此理！爲什麼叫我們到外面等？我們是奉命來保護平西王的。」

僕役道：「王爺不用你們保護。」

一個校尉瞪大眼睛道：「天子門生在這兒，你也敢攔？你好大的膽子！」

沈傲連忙過去勸：「罷了，罷了，吵個什麼？真不像話。」他瞪大眼睛，對那僕役道：「這就是你的不對了，來的都是客，哪有趕客人的道理？來，來，不必客氣，大家都坐。」

那僕役咕噥了兩聲，朝晉王妃看了一眼，晉王妃淡淡點了點頭，僕役才退到一邊去。

趙宗只好招呼大家：「來，上茶來。」接下來便不知該說什麼了，倒是晉王妃捅了捅他，趙宗會意地咳嗽了一聲，只好道：

「訂親？訂什麼親？嗯，今日不算什麼吉日，就算訂親，至少也要等到下月初八再來才是。」

趙宗擺起了譜，好歹是郡主，怎麼能輕易許親？總要端一下架子。

沈傲等僕役送來了茶，輕輕地喝了一口，才道：「話不能這麼說，擇日不如撞日，今日既然來了，總不能空入寶山而回，老丈……」

趙宗端著茶盞的手劇烈地顫抖了一下，差點沒把茶水潑到自己身上，叫道：「本王還沒答應，不許叫老丈人。」

沈傲呵呵一笑，只好道：「不叫就不叫，我稀罕嗎？」

趙宗頓時氣得哆嗦，正要發作，晉王妃這時抿嘴笑道：

「世上哪有這樣來求親的？既是來求親，總要低聲下氣一些才是，多給女家留點面子，大家才能心滿意足。對不對？」

沈傲吁了口氣，道：「王妃，這六禮是送來了，小王懇請王妃收下。」

晉王妃呵呵笑道：「收是自然要收的，不過我聽說平西王一向小氣，這彩禮不會太過寒酸吧？我們晉王府也是天下數一數二的人家，總不能讓我們下不了臺才是。」

沈傲臉上的肌肉不由地抽搐了一下，丈母娘果然不好對付，立即正色道：

「清河郡主這般珍貴的人物，若以貨物價值來論彩禮，未免就太俗套了，其實這彩禮除了喜餅和尋常的蔬果之外，本王並沒有帶什麼金玉古玩來，倒是送來了一幅畫，作爲清河郡主的訂婚之物。」

趙宗道：「啊……王妃，他拿一幅畫來搪塞我們。」

晉王妃抿嘴笑道：「平西王只送來一幅畫，是不是太寒磣了些？」

這時，突然有人大叫道：「不寒磣，不寒磣……畫在哪裡？」

耳室裏突然鑽出一個嬌小的人影來，宛若蝴蝶一樣在人群中穿梭而來，沈傲定睛一看，不是趙紫蘅是誰？

趙紫蘅笑吟吟地走到沈傲的跟前，攤手道：「畫兒呢？拿來！」

沈傲坐在椅上，帶有幾分尷尬地道：「不是畫，是彩禮。」

趙紫蘅想了想，覺得並沒有什麼分別，便道：「那彩禮呢？拿來！」

沈傲咳嗽了一聲，道：「這個要你的父王同意收下才行的。」

沈傲的眼睛看向趙宗，趙宗呃了一下，道：「收，收下，這門親事就算定了，來人，把人都打發走，看什麼熱鬧？有什麼熱鬧好看的？沒見過求親嗎？」

沈傲歡喜無限地站起來，朝趙宗作揖道：「泰山大人，這婚事是不是真的算定下了？」

趙宗的額頭上冷汗淋漓，看了晉王妃一眼，見晉王妃微微頷首，才道：「定了，定了。」

沈傲呵呵一笑，便對趙紫蘅道：「走，帶你看畫去，你的閨房在哪兒？噢，我記得了，我還去過幾次呢。」

趙紫蘅提起裙裾就要和沈傲走，晉王立即大叫：「且慢！」

沈傲只好放緩身子，道：「泰山大人還有什麼吩咐？」

趙宗的臉上又青又白，卻又像是洩了氣的皮球，道：「既然是訂親，這成婚的日子總要商議一下才是。」

晉王妃的臉像是被炭火燒了一樣，硬著頭皮道：「對，總要定個日子，宗令府也好預先做個準備，郡主下嫁和尋常百姓不同……」

趙紫蘅連連點頭，道：「是啊，是啊，總要定個日子才是。先定了日子才去看畫。」

晉王妃繼續道：「我看四月十五這一日倒是大吉之日，不如就定在那一日吧，掐指算算還有兩個月的籌措時間，倒也不至於倉促。」

沈傲有點尷尬了，期期艾艾地道：

「四月十五……那個時候，小婿說不準已經到泉州了。」

趙宗吹鬍子瞪眼道：「去泉州做什麼？」

沈傲深吸一口氣，道：「有大事要做。」

趙宗看看晉王妃，晉王妃只好道：「此去泉州要多少時日？」

沈傲想了想道：「多則一年，少則半載。」

「這麼久……」晉王妃不禁吸了口氣，臉色略帶幾分不悅，道：「是泉州的事重要還是和紫蘅成親更緊要？平西王，咱們晉王府一退再退，你冒冒失失來訂親，本宮由了你；你帶著一幅畫來提親，我們也由了你，總不能訂好了親，人卻跑得無影無蹤了是不是？你自己要想好，不要耽誤了自己，也不要耽誤了紫蘅。」

沈傲理直氣壯地道：「當然是國事要緊，不過……咳咳……事情總有個兩全的辦法，先讓小婿想一想再說。」

說罷，才驅散了眾人，在趙宗和晉王妃殺人的目光之下，與趙紫蘅逃之夭夭。

小巧的閣樓，香爐生出嫋嫋檀香煙氣，房中很是整潔，趙紫蘅欣賞完了畫，整個人變得多愁善感起來，叫小婢將畫收好，不禁道：「畫得真好。」她旋過身的時候，才發現沈傲這廝居然已經毫不客氣地躺在她的香榻上打起了呼嚕。

趙紫蘅怒氣沖沖地將沈傲搖醒，道：「不許睡我的床。」

沈傲卻不肯起來，笑呵呵地道：「這裏香香的，你是我未來的妻子，爲什麼不能睡？」

趙紫蘅無詞了，硬著頭皮道：「可是現在還沒成親，你又要去泉州，也不知什麼時候才回來。」

沈傲突然發現趙紫蘅的臉居然生出了緋紅，心裏想，她居然還會害羞。他略略一想，眼眸中閃過一絲狡黠，一把抓住趙紫蘅的手，輕輕撫摸著她的柔荑，笑呵呵地道：「其實我倒是有一個辦法，不但可以及早成親，還有趣得很。」

趙紫蘅先是有幾分尷尬，聽了沈傲的話就被吸引了注意，睜大美目道：「你說，怎麼辦？」

沈傲翻身坐起，笑呵呵地道：「你把耳朵支過來。」

趙紫蘅滿是狐疑地附耳過去，沈傲在她耳畔低聲說了幾句話，這溫暖的吐氣讓趙紫蘅痳痳癢癢的，有著說不出的舒服，趙紫蘅的臉上又紅了，期期艾艾地道：「這……這……成嗎？」

沈傲給她打氣道：「一定能成的，紫蘅最了不起了，世上沒有事能難倒她。」

傍晚的時候，晉王府的飯廳裏坐著晉王一家三口，主事的太監已經指揮人端了一碟碟菜肴上來，飯廳中各角都點了宮燈，這樣的氣氛之下，趙宗正和晉王妃擠眉弄眼，似乎想說什麼。

晉王妃雖然會意卻只是苦笑，趙宗的意思是由她來說教一番，可是這說教又有什麼意思？如今親事都允了，這女兒還是交給沈家去管吧。

趙紫蘅心不在焉地喝了一碗湯，突然道：「我和沈傲商量了……」

趙宗立即支起了耳朵，連晉王妃都不禁用香帕擦拭了嘴，一雙眼眸很在意地落在趙紫蘅的身上。

趙紫蘅繼續道：「我和沈傲下月就成婚。」

「胡鬧！」趙宗想拍桌子，結果怕驚著了王妃，手懸在半空最終又放了下去。

晉王妃卻道：「方才和那平西王商量的時候，他不是說要去泉州？」

趙紫蘅窘著臉，吃了幾口飯，便覺得肚子裏有了幾分東西墊底，心裏想，待會兒我把話說出來，說不準就要罰我不吃飯的，先吃了東西再說。

趙宗再三催促，趙紫蘅才道：「沈傲說，我們旅行結婚，一起去泉州，一邊玩，一邊成親！」

「旅行……還成婚……旅行怎麼成婚？成婚難道還能四處轉悠？」趙宗的眼珠子都要掉下來了。

晉王妃已經面若寒霜了，啪地將筷子放在桌上，用著冰冷的口氣道：

「不許！那沈傲是京城裏出了名的愣子，我就知道他一肚子的壞水！」

趙紫蘅爭辯道：「我既然已經許給了平西王，就是平西王府的人了……沈……沈傲說，嫁雞隨雞嫁狗隨狗……所以……所以……」

她似乎也覺得有點不妥當，語氣越來越弱，不由地漸漸將頭埋了下去。

晉王妃站起來淡淡道：「不許就是不許，罰你今夜不許吃晚飯，回屋去面壁思過。」

趙宗有些不忍，道：「愛妃……」

晉王妃語氣不善地道：「來人，把郡主帶下去，嚴加看管。」說罷，怒氣沖沖地走了出去。

趙宗不禁點了點兩眼有些紅腫的趙紫蘅，道：「你啊你，怎麼能說這種話？一定是那混帳東西教你說的。」

他頓了一下，壓低聲音道：「若是到時候你母妃拗不過你，真讓你和那姓沈的去什麼旅行成婚，能不能……能不能帶你爹一塊兒去。哈哈……父王只是說說而已……」

# 第一四七章 廷議之爭

好端端的議政居然成了口舌之爭，
若是換做其他的皇帝，早就把二人拿下去做人棍了，
偏偏趙佶這時候只是冷著眼，
饒有興趣地看著下頭的胡鬧場景，並不表態。
滿朝文武見陛下不管，自然也不敢出來說話，
都是靜靜地看著。

「老爺，到了。」

這時候天剛拂曉，亮堂的大廳外頭，漆黑得不見五指，熬了一夜沒睡的一個僕役弓著身子，朝在廳裏打盹的李邦彥低聲說話。

李邦彥的臉色晦暗，嗯了一聲，眼睛還沒有睜開。搭在椅柄上的手動彈了一下，乾癟的嘴唇微微抖動，才道：「什麼時辰了？」

「寅時三刻了。」

李邦彥疲倦地張眼，眼中佈滿了血絲，這一夜實在太漫長，讓李邦彥既有些不耐煩，又覺到幾分害怕。他喃喃道：「寅時三刻，時候到了。」嘆了一句，隨即道：「周先生醒了嗎？」

「已經候著了。」

李邦彥抬抬手，道：「請他進來。」

進來的是之前那客棧裏的掌櫃，這時撤下了圓領的員外衫，換了一副綸巾、儒衫的打扮，使他整個人少了幾分市儈，多了幾許儒雅。

周先生含笑著給李邦彥見了禮，李邦彥朝他壓壓手道：「坐，先生不必客氣。」

周先生欠身坐下，問：「大人一夜未睡嗎？」

李邦彥的嘴唇顫抖了一下，道：「干係著闔府上下的身家性命，老夫又怎麼能睡得著？」

他吩咐人去泡一壺茶來，才自嘲地笑道：

「都說老夫是浪子，可是浪子也有正經的時候，眼下這局面，老夫實在是看不透，越看越糊塗。周先生到府上已經七年了，老夫幸賴先生時常指點，可是今日，周先生就真的不能給老夫一個實話？今日到底吉凶如何？」

周先生恬然一笑，吁了口氣道：「大人自己心裏豈會不清楚，又何必問學生？」他沉默了一下，手搭在膝上道：

「學生有兩個疑問，其一，平西王狡詐無比，手刃鄭國公便可知他的心機，殺鄭國公在天下人看來，都以為他只是洩一己私憤，誰知全天下都被他玩弄於鼓掌之間。這樣的人，大人認為他只會平白無故地去攔住太子的車駕，從而引起天下的公憤嗎？」

「其二，那郭家莊招募了這麼多人手，動靜這麼大，平西王為何敢如此明目張膽？要知道蓄養私兵在我大宋與謀逆相差無幾，他這樣做，就不怕有人借機抓住他的把柄嗎？」

李邦彥嘆了口氣道：「老夫擔心的也是這個。事前倒是沒有想得如此深遠，可是越到後來才感覺事情不簡單。」

周先生吁了口氣，很是同情地道：「大人何不勸說太子，請東宮暫行忍耐，另圖良策？」

李邦彥沉默了一下，語氣變得不善起來。他從椅上站起，負著手在廳中來回踱步，怒道：「箭在弦上，豈能不發？再者說，那吏部尚書程江總以爲老夫要搶他的功勞，要向太子邀寵，對老夫時時防備，老夫若是去勸說，程江必然反對，你當太子會聽誰的？」

周先生道：「程江與太子素來交好，大人雖然位列門下，只怕東宮那邊也不過是借助大人的權柄而已。」

李邦彥激動地道：「正是如此，所以這些話不能說，說了難免要和那程江滋生爭執，又平白得罪了太子。」

周先生又是同情地道：「大人所言不虛，可是大人難道就不曾想過急流勇退嗎？」

李邦彥不安地駐足，目光幽幽地看向周先生，沉默了片刻，搖頭道：

「不能，有些東西老夫放不下，從簡入奢易，由奢入簡難，老夫一輩子的心血，豈能拱手讓給他人？周先生，難道真的沒有其他辦法了嗎？」

周先生沉默了一下，道：「那大人就立即安排好後路吧。」

李邦彥嘆了口氣，道：「後路是預備好了，泉州那邊有人給老夫傳遞了個消息。」

周先生木然不動，顯得並不意外。

李邦彥道：「你道此人是誰？」
周先生搖搖頭。
李邦彥吁了口氣，道：「蔡家大公子蔡攸。」
周先生道：「他還活著？」
蔡攸和李邦彥素來關係匪淺，蔡攸手段圓滑，李邦彥素稱浪子，二人性格頗為相似，又有共同的敵人，因此私下都以兄弟相稱；再加上懷州商人從前過往三邊時，要打通三邊的關節，也都是李邦彥與蔡攸打招呼，所以蔡攸在熙河的時候，給予了李邦彥不少的方便。
周先生無論如何都想不到，那蔡攸居然還活著，甚至還敢與李邦彥聯絡。
李邦彥今日不知怎麼了，居然對周先生推心置腹起來，淡淡道：
「蔡攸雖然龍游淺水，卻是個不容小覷的人物，如今他已經化身為大越人，據說在大越頗有些地位，他帶了無數珍寶出海，還以大越商人的身分，在泉州做了不少生意。」
李邦彥繼續道：「新近冒出來的興越商行你聽說過嗎？」
周先生不禁道：「這幕後的主人是他？」
李邦彥頷首點頭道：「正是，這商行有船兩百艘，雇傭的水手居然都是大越人，還有船塢三處，其中一處甚至接了水師的船單。你可知道，他圖謀的是什麼？」

周先生道：「莫非是泉州？」

李邦彥淡淡道：「正是如此。單憑一個蔡攸，也絕不可能建立如此大好家業。在蔡攸背後，還有大越國國王李公蘊。這李公蘊乃是雄闊之主，十年前曾率軍連敗大理，向北和西北擴張，侵吞大片國土，甚至與我大宋甲峒族領甲承貴聯姻，大有盡取我大宋笆、欽二州之勢。這樣的人，會甘心割出土地，受沈傲的驅使嗎？」

周先生道：「聽說此人原是越國的臣子，後來篡奪了王位，也算是一代開國之主，其人狡詐無比，又野心勃勃，自然不肯受人驅使。學生在廣南路遠遊時也聽說過他的事蹟，他即位不久，多次征伐，非但令大理不敢擋其鋒芒，就是周邊各國也都屢屢割地求和。」

李邦彥嘆了口氣道：「不管如何，這李公蘊畢竟還是化外之民，成不了什麼大事，可是有了蔡攸就不同了，大越國不缺雄兵，可是要拿下泉州，唯獨缺少水師，也正是如此，蔡攸在大越才飽受李公蘊的器重。」

李邦彥沉默了一下，又道：「老夫打算今日就讓家眷們去泉州，若是一旦有變，可讓他們立即渡海去尋蔡攸，不求他能顯達，只盼能夠苟且求生也就無憾了。」

周先生眼眸掠過一絲了然，道：「大人莫非是讓學生沿途護送？」

李邦彥無故說了這麼多話，當然不止是發洩這麼簡單，他淡淡一笑，道：「老夫拜託先生了。」

周先生沒有猶豫，道：「學生敢不從命。」

李邦彥道：「既是去投誠，總要送些見面禮去。」又道：「李家略有一些浮財，請先生一併帶走吧。」

他站起來，露出毅然之色道：「現在，老夫可以放心地去放手一搏了。」

周先生站起來道：「大人珍重。」

李邦彥快步走出廳去，隱入黑暗之中。

在伸手不見五指的天色之下，突然打起了兩盞燈籠，將李邦彥腳下照亮。

李邦彥先去臥房換了朝服，才精神奕奕地走出府，坐上軟轎，深深地看了自家府邸上的燙金匾額一眼，放下轎簾淡淡道：

「進宮！」

趙恆的馬車早就出發了，車輪輾在空曠的街道上發著悶響，兩側有十幾名護衛騎馬並行警戒，坐在馬車裏的不止有趙恆，還有程江。

車廂很寬大，下頭鋪了羊絨的毯子，四壁用厚厚的牛皮蒙住，靠著車簾掛著一盞小巧的宮紗燈，趙恆倚靠在舒適的軟墊上，眼眸一張一合，與程江都陷入了沉默。

程江顯得要拘謹得多，他坐在靠車簾的位置，腦勺差點要頂到宮紗燈，不得不弓著腰，儘量給予趙恆更寬闊的空間，欠身坐在一方小凳上，隨著車廂的輕微搖晃，整個人也起伏不定起來。

不知什麼時候，趙恆終於打破了沉默，他淡淡道：「都準備好了嗎？」

程江道：「殿下放心，只是不知李門下準備得如何了。」

趙恆顯得有些焦躁地道：「李門下昨夜並沒有聯絡本宮，會不會有什麼變數？」

程江安慰趙恆道：「殿下不必焦心，依下官看，李門下雖然不太牢靠，可是辦事還是沒問題的。」

趙恆聽出程江的話外之音，道：「李門下不太牢靠？」

程江淡淡笑道：「他不過被平西王逼得太緊，不得不尋個靠山，事急從權，才依託在太子殿下下頭尋求庇護，殿下認爲，一旦除掉了平西王，以他門下令的身分，就真的願意爲殿下馬首是瞻嗎？」

趙恆若有所思地點點頭，道：「你說的沒有錯，不過眼下李邦彥要依靠本宮，本宮也要用他，當務之急，還是今日的朝議，至於其他的事，都等這件事定了之後再說。」

車廂裏又陷入沉默，趙恆的手中抱著一個暖爐，良久才道：「越是到這個時候，本宮就越心慌得厲害，程大人，你說說看，我們到底有幾成的把握？」

程江自信滿滿地道：「至少有八成，只要能逼得陛下下不來台，又證據確鑿，當著天下人的面，平西王翻不了身。」

他覷了趙恆一眼，繼續道：「殿下是儲君，又有何可懼的？那平西王所依仗的不過是陛下的勢力，若是連陛下都不能保全他，殿下又何必要害怕一隻沒牙的老虎。」

趙恆口裏道：「對，對，你說的對，本宮不怕，不怕……」

馬車到了一處街角停住，程江弓著身子對趙恆作了個揖，道：「殿下，下官暫先告辭，到了講武殿再見吧。」

他從車中出來，就在這街角的一條巷子裏，一頂轎子早已等候多時，程江走過去，身後的馬車繼續動了，程江坐上了轎子，在轎中壓低聲音道：

「再等一刻工夫，等殿下的車駕去遠了再動身。」

到了卯時三刻的時候。曙光不見。整個天空更加陰霾起來，涼風習習吹拂，接著幾點雨絲落下來，經過了幾日的豔陽高照，春雨終於姍姍來遲，雨絲自陰霾的天空灑落，讓正德門外守候多時的文武朝臣都淋了一身。

沈傲是打馬過來的，這一次他沒有準備蓑衣，這天氣說變就變，哪裡想到拂曉的時候會來一場雨？牽了馬到了正德門，乾脆尋了位大人的轎子坐進去。

結果這位大人在外頭淋雨，沈傲在這轎子裏歇息。眼看越來越多的人圍攏過來，已經有不少人來向沈傲恭賀訂親之喜了，沈傲掀開轎簾，一個個地打招呼。

宮門終於開了，朝臣們魚貫而入，最先的是太子趙恆。趙恆臉上波瀾不驚，只是淡淡地看了宮門之後幽深的殿宇一眼。

趙恆進去之後，所有的文武官員居然沒一個尾隨，都在門口候著，有的故意與人言笑，有的咬著唇想著心事。

直到沈傲慢吞吞地從轎子裏鑽出來，冒著霜霜細雨進去，大家才像是想起了該要進宮一樣，魚貫而入。

通往講武殿的九十九級臺階上，已經滴滴答答的淌了不少的積水，有不少內侍冒雨在這裏清掃，每一級玉階左右都站了殿前衛，虎背熊腰，濕漉漉的一動不動。

趙恆已經進了殿，沈傲卻還在磨蹭，走到半途上，突然抬眼去看天氣，忍不住道：「好大的雨！」

後頭的文武官員只好止步，這麼一來，身後就擁堵了許多人。

沈傲再往前走幾步，大家又跟上來，沈傲突然又停住腳，道：「這雨看來要越來越大了，不知家裏的衣衫收了沒有。」

許多人露出苦笑，站在沈傲身後的李邦彥這時候已經忍耐不住了，沉聲道：「朝議不可延誤，殿下磨磨蹭蹭做什麼？」

沈傲回眸看了落湯雞似的李邦彥一眼，微微一笑道：「李門下若是著急，可以先行一步嘛。」

李邦彥不禁吹鬍子瞪眼，想先走，卻又覺得在眾目睽睽之下有點兒逾越，朝臣們入宮都是有規矩的，按資排輩地來，太子當然是頭一個，放眼朝廷，還有誰能和平西王爭奪第二？李邦彥上了一輩子朝，這樣的規矩早已習慣。

沈傲見李邦彥不動身，索性抱著手，呵呵笑道：

「怎麼？李門下不先行一步？看來李門下也是不急了，這樣正好，難得你我有這樣的雅興，那不如我們多站一會兒。李老兄，吃過早飯了嗎？」

李邦彥將臉撇到一邊去，不去理他。

沈傲淡淡道：「李門下若是還沒有吃就太可惜了，說不準以後再也吃不到了。」

李邦彥感覺臉上的肌肉不由地抽搐了一下，雖是一副冷淡的樣子，可是整個人在這雨中，彷彿一下子蒼老了許多，連身軀都佝僂起來，有一口痰梗在喉嚨，想反唇相譏，卻發現一句話都說不出來。

講武殿裏，趙佶早已到了，冕服正冠，正襟危坐，一雙眼眸半張半闔，臉上帶著些許嘲弄的意味。他的目光在空曠的殿中掃過，抿了抿嘴，手靠在御案上，沉默而又帶有一種俯瞰天下的威嚴。

趙恆跨入殿來，才發現有些異樣，抬眸看到金殿上的趙佶，心裏不禁想，平日父皇都是姍姍來遲，今日怎的來得這麼的早？

身後的文武官員居然現在還沒有看到影子，趙恆只好硬著頭皮，孤零零地走到殿中，雙膝跪下，三跪九叩之後，朗聲道：「兒臣見過父皇，父皇安康延年。」

趙佶坐在龍榻上，什麼都沒有說，一雙眼眸似刀一樣落在趙恆身上，緊緊地盯著趙恆，一動不動。

趙恆不敢起身，不敢抬頭，被趙佶冰冷的目光壓得透不過氣來，五體幾乎是匍匐在金磚上，額頭上的冷汗如注。

這是怎麼了？往常這個時候，父皇都該叫自己平身的，難道……

趙恆不由地有些做賊心虛的感覺，整個人像是僵住了一樣，一雙眼眸閃爍，又不敢抬頭直視，這樣的感覺實在有些如坐針氈。

趙佶沉默了良久，突然道：「朕自然安康，還能多活幾年。」

趙恆嚇了一跳，又磕了個頭，道：「兒臣只盼父皇能享國萬年，與天地同壽。」

趙佶臉上帶著嘲弄，太子對天子說這句話，歷朝歷代又有幾個是真心誠意的？趙佶淡淡道：「朕若是享國萬年，又何必要設立儲君？」

來者不善，善者不來，這句話嘲諷意味十足，趙恆怎麼聽不出？他一時啞然，一個字都不敢吐。

趙佶的語氣突然緩和下來，道：「太子近來讀書了嗎？」

趙恆小心翼翼地回答道：「兒臣遵照父皇的吩咐，一絲一毫都不敢懈怠。」

趙佶道：「看的是什麼？」

趙恆道：「詩經。」

趙佶皺眉道：「是秦少游的注解嗎？」

趙恆這時鬆了一口氣，輕輕抬眼看了殿上的趙佶一眼。只是這一眼實在有點模糊，仍舊琢磨不出趙佶的心意，他頷首點頭道：「宣德郎的注解言簡意賅，兒臣讀的就是這個版本。」

趙佶道：「那朕就考校你一下。」

趙恆的神經又緊繃起來，哪有在廷議在即的時候考校學問的？自從自己成年，父皇也從來未考校過，這時只有硬著頭皮道：「請父皇示教。」

趙佶淡淡道：「詩經裏『其為父子兄弟足法』怎麼說？」

趙恆道：「《詩》云：『宜兄宜弟。』宜兄宜弟，而後可以教國人；《詩》云：『其儀不忒，正是四國。』其為父子兄弟足法，而後民法之也。此謂治國在齊其家。」

趙佶看著他，冷冷地道：「你繼續說。」

趙恆只好將秦少遊的注釋一句句拆解出來，最後道：

「父子、兄弟各安其職，各守其道，則這些行為就成為『足法』，即標準法則，然後就可以讓百姓們去學習、效法、遵守。治國就是如此。唯有自身修德修身，侍奉自己的父親，善待自己的兄弟，才能以禮法教國人，治理國家。」

趙佶嗯了一聲，不知道對這樣的回答是不是滿意。他沉默了良久突然道：

「太子是這樣做的嗎？可小心侍奉了自己的父親？善待了自己的兄弟？修身養德這一些，東宮認為呢？」

趙佶的話字字誅心，趙恆冷汗淋漓，已經有些慌神了，期期艾艾地道：

「父……父皇……，兒臣盡心竭力這樣做，父皇若是有不滿意的地方，兒臣一定改正……」

趙佶淡淡道：「朕並沒有說你錯了，你失魂落魄的做什麼？平身吧，好好做你的太子。」

趙恆站起來，臉色鐵青，心中想：莫非是父皇警告我今日不要鬧事？可是……，趙恆的額頭上滲出了豆大的汗珠，已經來不及阻止了，要煽動容易，可是要制止哪有這般輕易？

正在趙恆胡思亂想的功夫，以沈傲爲首的文武百官魚貫進去講武殿，一齊朝趙佶行禮：「吾皇萬歲。」接著分班站定，目光都落在金殿之上，等候趙佶開言。

趙佶掃視了殿中一眼，手撫著御案，慢悠悠地道：

「朕方才與太子論起了詩經，先賢流傳下來的書籍，便是天下人白首窮經也未必能參透，朕常聽人說：人心不古，這句話，朕深以爲然，三皇五帝時，百姓路不拾遺、夜不閉戶，可謂大治；可是現在，人心已經崩壞了，做臣子的欺矇自己的君主，做兒子的覬覦自己的父親，做兄弟的骨肉相殘，這是什麼緣故？」

趙恆的臉色驟變，想要跪下，可是又覺頗有不打自招之嫌，只是兩條腿有些發軟，一時間腦子嗡嗡作響。

李邦彥的目光幽幽地看向趙恆，心裏也不禁打起了突突，陛下怎麼會突然說這番話，是無心之言還是另有用意？他猜不透！

見殿中無人回答，趙佶哂然一笑，道：

「世風壞了，這又是什麼緣故？難道袞袞諸公們學的不是聖人言教，讀的不是聖人之書？就比如那文仙芝，學問是極好的，卻又爲什麼會做出這麼多蠢事？難道聖人的言教在有些人的眼裏，只是拿來敷衍朕的？」

趙佶言罷，雙目一合，靠在龍榻上繼續道：「朕不過是有感而發，諸卿不必記在心上，今日廷議議的是什麼？李愛卿，你來起個頭吧。」

李邦彥硬著頭皮站出來，悠悠道：「陛下，自海政釐清之後，下海的商賈多如過江之鯽，不過各路府也有奏疏遞上來埋怨，說是自從蘇杭、泉州開了新的局面，大量的百姓不思耕種，許多人拋了田地去泉州、蘇杭做工行商，以至於多處田地荒蕪。」

他頓了頓，繼續道：「就比如永和二年的時候，江南路錢塘縣徵收的糧食是九萬石，可是到了永和三年戶部結算，卻只剩下了七萬石，當地衙門非但不鼓勵農耕，反而大肆招徠客商，以此爲政績，這樣下去，豐年倒也罷了，可是一遇荒年，只怕要出大事，請陛下聖裁獨斷。」

趙佶聽到泉州二字，也不禁憂心忡忡地看向沈傲，道：「沈愛卿，這海政是你主持的，你怎麼說？」

沈傲站出來，道：「陛下，李大人說的並沒有錯，非但是一個錢塘，便是整個江南路都是如此，而且大量的佃戶拋棄了土地，使得鄉間的佃租不得不大跌，永和二年的時候，佃戶租種十畝土地要交糧四十石，而到了永和三年，銳減到了二十石，不少擁有大量田地的鄉紳大戶收益劇減，也有不少人賣了土地去行商的。這樣下去，只怕蘇杭、福建幾處地方再沒有肯去耕種糧食了。」

沈傲淡淡道：「不過話說回來，雖然糧產減少，更有不少人將良田拿去種桑結絲，可是我大宋的商隊也從海外帶來了不少的糧食，比如去年一年，商隊帶回來的糧食就有九百四十萬石，足夠補掉這個虧空。況且商人們又從海外帶來了許多稻穀的糧種，微臣已經責令海政衙門試種，蘇杭、福建路這邊雖然糧產銳減，可是天下各路的糧產還能再增產一些，也足夠解決糧食問題了。」

李邦彥冷冷笑道：「平西王只怕言過了吧，莫非化外之地的糧種就這麼稀罕？還能增產不成？」

沈傲鄭重道：「是李門下自己孤陋寡聞，其實早在真宗先帝在的時候，我大宋便引進了占城稻，這種稻種比之我大宋的稻種更加優良，穗長而無芒，粒差又小，不擇地而生，同樣一畝田地，用我大宋的稻種若只能收穫十石，可若是耕種占城稻，至少能收穫到十二石。李門下五穀不分，豈會知道稻種與糧產的關係。」

沈傲一句話戳中了李邦彥的軟肋，他是市井出身，不分五穀，這時候和沈傲爭辯這個，不啻是自己挖個坑往裏頭栽。好在他這人圓滑無比，轉瞬之間便轉了話音，淡淡笑道：「這麼說，殿下是要推廣這什麼占城稻，以此來彌補蘇杭、福建路的拋荒了？」

沈傲道：「這是當然，推廣良種，足以遏制住眼下的困局，除此之外，泉州、蘇杭各口岸早已頒佈了法令，出海的商船若是回程時攜帶了滿倉的稻米回來，則不用繳納上岸的稅費，那成千數萬的商船帶著我大宋的貨物出海，回程時或多或少都會載著一些糧食回來，福建路雖然拋荒嚴重，可是糧食卻是充裕的很，大量的人口往泉州這邊湧，泉州也沒見向朝廷要過一斤糧是不是？這是第二種辦法，叫以商養商。」

李邦彥道：「那麼敢問殿下，這糧種到底什麼時候可以推廣開？」

沈傲撇撇嘴道：「要推廣立即就可以時興，不過海政衙門這邊，暫時還要先實種一下，若是能培育的更加精良，到時再鋪開來不遲。」

沈傲朝趙佶作揖道：「微臣敢以性命作保，蘇杭、福建路，甚至是廣南路的各處口岸絕對不會耽誤了我大宋的大局，各地向朝廷該納的糧一粒都不會少，請陛下明察。」

趙佶頷首點頭道：「李愛卿。」

李邦彥連忙躬身道：「臣在。」

趙佶點了點御案，道：「平西王作保，李愛卿可滿意嗎？」

李邦彥只好道：「既然如此，這拋荒之事只能再議了，且先看看平西王實施出來的成效再做定奪。」

趙佶頷首點頭，道：「那麼今日這事就暫時擱下，還有什麼事要議？」

李邦彥看了太子一眼，趙恆卻是佇立不動，不知在想些什麼。倒是程江這時候冷哼一聲，站出來道：「微臣倒是有一件事，提請陛下議一議。」

趙佶看到了程江，臉上浮出一絲不可捉摸的嘲笑，不過他高高坐在金殿上，又有珠冠遮擋，誰也看不清他的表情。

趙佶淡淡道：「程愛卿要說什麼？」

程江道：「老臣要說的也是海政的事。」他朝沈傲看了一眼，從容道：「老臣也是福建路人，福建路如今成了什麼樣子，朝中上下諸公，還有誰知道？」

程江冷哼一聲，怒氣沖沖的道：

「老夫聽說，從前海路上雖有匪患，可是海商從我大宋運輸貨物出海，獲利頗豐，一隻瓷瓶兒，到了占城等地，能賣七八兩銀子也是常事。可是自從殿下鼓勵各處口岸出海，運到南洋等地的貨物越來越多，這瓷瓶反而越來越不值錢了，現在一個瓷瓶，連一兩銀子都賣不到，雖說流入我大宋的白銀日漸增多，可是相比起來，又徒費了我大宋多少貨物？泉州為了製絲、陶瓷、鐵器等貨物去南洋賣，招募了不知多少工匠，這些人拋棄了田地，卻為南洋人製造器具，我大宋天朝上國，竟然淪落到這個地步，敢問殿下，你這海政到底是怎麼個釐清之法？」

程江這句話立即引起了譁然，堂堂吏部尚書突然向平西王發難暫且不說。這海政之策是平西王的命根子，現在程江抓住海政來說事，這是要做什麼？

程江怒氣沖沖的指著沈傲，道：「海政之策誤國誤民，殿下承認嗎？」

沈傲淡淡地道：「不承認。」

「還要狡辯！」程江攥著拳頭，眼中要噴出火來，朗聲道：「商人逐利，不知禮儀德法，自殿下在泉州署理海政之後，泉州上下，銅臭熏天，人人只言利益，而摒棄禮法，這就是平西王的海政嗎？」

他朝趙佶拱拱手，道：「請陛下廢黜海政之策，正本清源。」

趙佶沉眉，似乎也覺得程江的話冠冕堂皇，頗有幾分道理。

誰知沈傲淡淡道：「要廢黜也簡單，不過蘇杭、泉州有工匠百萬之多，這麼多人若是失去了生計，不知程大人如何安置？」

程江不由地愕然了一下，道：

「這……就算如此，那也是你的海政弄出來的，出了事，也是你平西王擔著干係，再者說，他們本就是耕農，將他們打回去種地也就是了。」

沈傲呵呵一笑，道：「程大人說得輕巧，若是現在朝廷叫程大人回去種地，程大人願意嗎？己所不欲，勿施於人，海政干係著數百萬人的飯碗，一個不好，就是禍亂的開端，程大人巧舌如簧，可曾知道，正是因爲海政，讓不少百姓多了一條生路，可以讓他們不再去做佃戶，也足夠他們養家糊口，還能略有盈餘。也正是因爲海政，讓許多人生活改善，現在你說廢黜就廢黜，一旦廢黜，上百人聚在一處，若是有人鬧起來，你程江承擔起這個干係嗎？」

程江冷笑道：「殿下這是裹挾這些拋荒的工匠來威脅朝廷了？」

沈傲冷笑道：「本王威脅的就是你！」

程江怒不可遏，手指著沈傲，道：「平西王在御前就是這樣說話的？」

沈傲不陰不陽地道：「莫非只有程大人可以在這御前說話？」

好端端的議政居然成了口舌之爭，若是換做其他的皇帝，早就把二人拿下去做人棍了，偏偏趙佶這時候只是冷著眼，饒有興趣地看著下頭的胡鬧場景，並不表態。

滿朝文武見陛下不管，自然也不敢出來說話，都是靜靜地看著。

# 第一四八章 太子逼宮

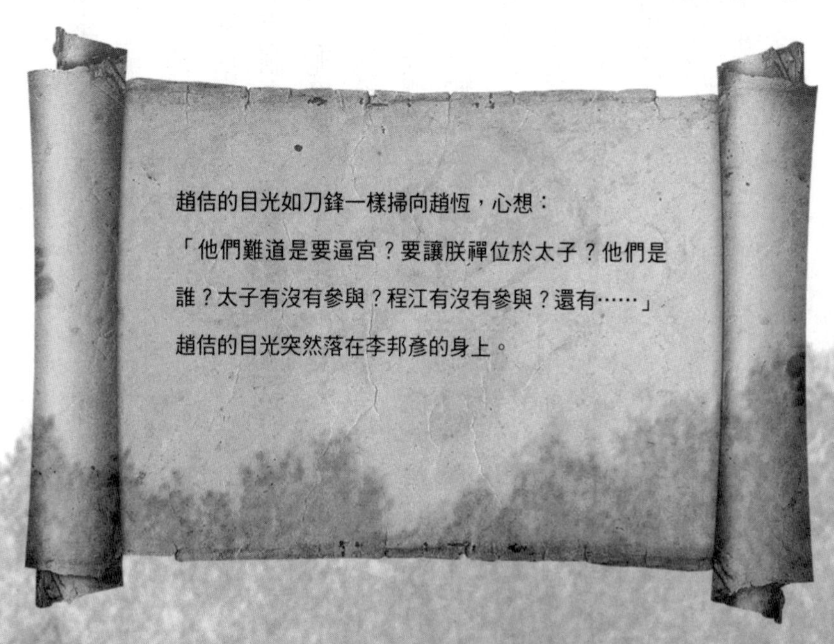

趙佶的目光如刀鋒一樣掃向趙恆，心想：

「他們難道是要逼宮？要讓朕禪位於太子？他們是誰？太子有沒有參與？程江有沒有參與？還有……」

趙佶的目光突然落在李邦彥的身上。

宮城之外，開始有人聚集起來，結果聚來的人越來越多，像是約好了一樣。殿前衛兵眼見如此，也是嚇了一跳，好端端的突然來了這麼多人，裏頭還是朝議，這是做什麼？於是連忙向值守的殿前衛將虞候稟報。

這將虞候立即帶著一隊殿前衛從正德門出去，怒道：

「是什麼人敢在御前聚眾鬧事？可知道這是抄家滅族的罪嗎？來人，都打散了，若是再有人聚眾，立即拿下送京兆府拿辦。」

御前衛一起應諾一聲，已經紛紛抽出了腰刀。

這時，人群中有人吼：「我們是有功名的讀書人，是來向陛下陳情的！」

殿前衛們一時愣住了，都向那將虞候看過去，將虞候皺起眉，讀書人……這就有些不妥了，大宋對讀書人一向優渥，若是真鬧起了衝突，他這將虞候只怕還擔不起。

踟躕了一下，將虞候按著刀道：「你們誰是帶頭的？到這裏來說話。」

這時候宮前已經聚集了上千人，有人回應他道：「學生人等並沒有人帶頭，只是不約而同要來這裏盡一盡人臣之道。」

這些話將虞候聽不懂，見沒人敢站出來領頭，便覺得有些棘手了，心裏正權衡是不是該去通報一下，可是陛下在朝議，這個時候去通報只怕不妥當，正在危難之際，他只好道：

「叫個內侍來，讓他去給楊公公傳個口信，讓楊公公來處置吧。」

講武殿裏，楊戩對趙佶耳語了兩句，隨即悄悄從金殿上退出來，他揚著拂塵，還未到正德門，將虞候已經心急火燎地趕過來，道：

「楊公公……」

楊戩迎上去，淡然地問道：「出了什麼事，怎麼宮外這般喧嘩？」

將虞候拱手行禮，道：「來了許多讀書人，說是要向宮裏陳情，楊公公看看，是攆走還是……」

楊戩呵呵一笑，道：「走，先去看看再說。」說罷走到正德門，身後一隊隊御前衛洶湧如潮地湧出來。

楊戩穿著大紅的朝服，扶了扶頭頂的梁冠，雖是個內宦，這時候卻也表現出了幾分男兒氣概。他虎目掃視了這宮外亂哄哄的場面一眼，負著手，淡淡地道：「是誰要滋事？」

外頭的人見來的是個宦官，言語也不甚客氣，許多人起鬨道：

「原來來的是個閹貨，這廝莫非就是平西王的那個乾岳父？哈哈，一個閹貨，一個逆賊，二人倒是般配得很。」

莫看這些讀書人獨身一人時膽小如鼠，可是一旦混到了人堆裏，什麼尖酸惡毒的話都敢出口，有人開了頭，接著便是叫罵一片，楊戩氣得臉色也不禁變得鐵青起來，拼命壓住怒火道：

「他們要陳情，有膽子就叫個人進宮裏去說；不敢？沒這膽子還敢來這兒嗎？再鼓噪的，直接趕走。」

將虞候也覺得這樣僵持下去不是辦法，便將楊戩的話傳達過去，讀書人倒是一時安靜了。誰都知道，要「誹謗」平西王，尤其是在御前去「誹謗」，確實是一件需要膽色的事，說不準陛下龍顏大怒，一輩子的前程也就沒了，所有人面面相覷，都沒有了方才的鼓噪勁頭。

漫天細雨飄飄灑灑地澆在人的頭上，讓許多人都清醒了幾分。

突然，一個讀書人慨然站出來，道：

「咱們讀了這麼多聖賢書，到了這個節骨眼上，難道還怕去御前與平西王對質嗎？你們若是不肯去，那麼學生就領了這個頭吧。」

說話的人眉清目秀，身子顯得有些瘦弱，可是臉上卻帶著幾分倨傲之氣。他身上的儒衫已經被雨水打得濕透了，眉眼上也沾了水滴，嘲諷地看了方才鼓噪得最厲害的幾個名士一眼。

「這位莫不是泉州來的朱相公？此人倒是有幾分風骨。」

「就是他，在諮議局裏大罵海政之策的也是他。」

許多人竊竊私語，這朱相公什麼都不說，背著手冒雨排眾而出，一步步走近正德門，到了楊戩身前，朗聲道：

「學生朱靜，公公既然要我們去君前奏對，那麼學生就做這個代表，如何？」

楊戩朝他冷冷笑道：「好，有膽色，那就隨咱家來，咱家帶你入宮。」

二人一起進了宮門，眼前豁然開闊，整個宮城因為下了雨，顯得格外的冷清，講武殿正對著正德門，沿著中軸線向前五百步即到，二人一前一後都沒有說話。

走了兩百步，這朱靜突然低聲道：「學生見過楊公公，方才有無禮的地方，還請楊公公見諒。」

楊戩的眼中閃出一絲狐疑，側目去看了朱靜一眼，道：「你到底是什麼人？」

朱靜淡淡笑道：「學生是泉州人，早就受了平西王的吩咐，助平西王一臂之力。」

楊戩不禁失笑起來，道：「你一個讀書人，能有什麼助益？來吧，隨咱家來。」語氣緩和了許多，領著朱靜到了講武殿。

楊戩徑直入殿通報，這時殿中還是鬧哄哄的，沈傲和程江相互攻訐，居然是不分上下。

楊戩走到殿中拜倒，正色道：「陛下，宮外有許多士人聚眾，要向陛下陳情，如今這些士人已經推舉了一名代表，就在殿外候命。」

趙佶已經被這混亂的場面攪得不耐煩了，聽到外頭有人聚眾，心裏不禁勃然大怒，壓抑著火氣道：「叫進來。」

程江見狀，心裏也鬆了口氣，他與沈傲胡攪蠻纏，爲的就是等這個機會，朝太子對視一眼，二人心照不宣地輕輕點了下頭，便退回班中去。

程江不吵，沈傲自然沒興致去乘勝追擊，也退回班中，等到朱靜進來，沈傲與他目光相對，各自露出微笑。

「學生朱靜，見過陛下，吾皇萬歲。」朱靜拜倒在殿中。

殿中的文武百官都看向這個少年，大朝議裏冒出了一個白丁書生，這倒是一件稀罕事，這人來這裏，口口聲聲說代表了天下的讀書人，也不知要來說什麼？

趙佶冷淡地道：「愛卿要陳情什麼?但說無妨，朕不加罪，你說罷。」

朱靜說了一聲是，隨即站起來，目光像是在搜尋某個人一樣，等到目光落在了趙恆身上，便朝趙恆猛使眼色，許多人看到這一幕，心裏便不禁想：

「此人莫非是太子叫來的?」

隨後，朱靜開始侃侃而談，開口第一句，差點沒把這滿朝文武嚇得趴下：

「陛下，大宋要亡了！」

「……」

莫說是百官震驚無比，就是太子趙恆這時候也是臉色鐵青。趙恆不禁怒視了程江一眼，程江還沒反應過來，心裏想，不是事先約定好了，讓他們緊著平西王的罪狀說嗎？這時候說這種犯忌諱的話做什麼？

李邦彥的心已經徹底沉了下去，臉上露出絕望之色。

趙佶扶著御案，整個人像是癱了一樣，若說讀書人上書陳情倒也罷了，可是當著滿朝文武的面，當著天下人的面，這士人的代表竟是說這種話？這宮中還有什麼威嚴和顏面可言？

趙佶死死地用手撐住御案，好半晌才喘過氣來，道：

「你……你說什麼？」

朱靜怡然不懼地道：

「學生要說的是，大宋要完了，陛下亡國只不過是朝夕之間的事，我大宋歷代君王，都是堯舜一樣的賢明君主，可是自從陛下即位以後，聲色犬馬，篤信黃白之術，妒賢用奸，以至於民生凋零，百姓衣不蔽體，食不能果腹；更有甚者，居然任用奸邪，先是以賊子蔡京爲相，此後又寵信平西王，這二人禍國殃民，以貪瀆爲能，陛下認爲，如此下去，大宋的江山社稷還能保存嗎？學生只是一介布衣而已，今日既然陛下許諾不加罪學生，學生今日索性放膽一言，只望陛下能懸崖勒馬，改邪歸正。」

「……」

這殿中不知有多少人的喉結在滾動，不斷地咽著口水，更有人冷汗滿面，捲起袖子去擦拭汗珠。

許多人的眼珠子在轉動，朝自己親近的人看過去，大家互看一眼，都是苦笑連連。

趙恆早已魂不附體了，有心想跪下請罪，可是轉念一想，若是這時候請罪，豈不是說這些士人聚眾在宮外都是自己指使的？所以只能躬身站著，眼睛看著自己的靴子，胡思亂想。

朱靜繼續道：「太原地崩……」

這一句話又是駭人到了極點，「地崩」二字早已成了宮中的忌諱，但凡有點腦子的人都知道，現在又是提到太原地崩，陛下……

趙佶已經攥緊了拳頭，眼睛赤紅，拼命壓抑著怒火，牙齒都要咬碎了。

「太原地崩正是上天對陛下的警示，陛下時至今日爲何還執迷不悟？繼續信重平西王這逆臣，寧與外臣親近，而疏遠了太子殿下？」

「太子……」

許多人心裏已經開始計算了，若說朱靜的話是炸藥，那麼只這番話就一共炸了三次，第一次是大宋完了，第二次是太原地崩，第三次是太子殿下，在這時候提出來的每一句話都不合時宜，更何況是三個最敏感的辭彙連在一起說？

完了……完了……

許多人的心裏感嘆，叫苦不迭。這姓朱的倒也罷了，他是士人，又沒做官，所以也不必害怕被貶到瓊州去玩泥巴。況且大宋開國以來，從來未以言論來治讀書人的罪；陛下方才也說了，有什麼話但說無妨，並不加罪。不管怎麼說，這位朱秀才把話說完了，拍拍屁股就可以走人，然而陛下一肚子的火，不知今日誰要倒楣。

真真是城門失火，殃及魚池啊，這城門或許還能活蹦亂跳，魚池就慘了。

朱靜的聲音繼續在講武殿中迴響：

「太子殿下睿智賢明、才情並茂、禮賢下士、純孝節儉，足以固我大宋國本……」

這是第四次了，聽到「足以固我大宋國本」這句話，一些年邁的老臣心臟已經有些受不了了，這話若只是單純地說出來倒也沒什麼，可是和前面那一句「大宋完了」結合起來的話，這意思就可怕了，串起來就是：大宋要完了，皇上荒淫無道，太原又地崩了，現在太子賢明，只要有他在，大宋的社稷足以保全。

「這……」許多人的心裏已經開始腹誹，這姓朱的當真豬腦子？這樣的話他也敢說？

趙佶的目光如刀鋒一樣掃向趙恆，心想：

「他們難道是要逼宮？要讓朕禪位於太子？他們是誰？太子有沒有參與？程江有沒有參與？還有……」

趙佶的目光突然落在李邦彥的身上。

「學生聽說，陛下居然要廢黜太子，陛下……若是太子被廢黜，則天下必然大亂，國之儲君，豈可輕言廢黜？更何況太子殿下仁厚賢明，陛下豈能聽小人胡言亂語，做出這等親者痛、仇者快的事？學生萬望陛下收回成命，切莫被小人蒙蔽。」

「……」

「石大人……石大人……」

殿中引起了慌亂，班中一名老臣實在受不了這刺激，居然一頭栽倒了下去，一旁的文武官員見狀，都手忙腳亂起來，這個去掐人中，那個去試鼻息。

太刺激了，太子廢黜的消息，三省六部不知道，倒是讀書人先知道了，流言倒也罷了，偏偏在大殿之上，這姓朱的傢伙居然還拿這個來大肆評議，碰到一些老邁的大臣，還不立即心跳加快直接昏厥？

那石大人已經被人七手八腳地抬了出去，殿中又恢復了次序。

朱靜跪在殿上，聲嘶力竭地道：

「懇請陛下懲惡除奸，還太子殿下一個清白。朝中的忠良定然歡欣鼓舞，稱頌陛下的恩德。譬如門下的李大人，李大人爲人勤懇，爲大宋江山殫心竭力，可謂仁臣。再有吏部尚書程江程大人……」

李邦彥和程江像是被蜜蜂螫了一口，二人都不禁打起了冷戰。

講武殿陷入了沉默，甚至連咳嗽聲都被刻意地壓住，許多人垂著頭，似乎在等待什麼。

趙佶終於開口了，他淡淡道：「你叫朱靜是不是？」

朱靜朝趙佶作揖，道：「學生是朱靜。」

趙佶語氣平淡地道：「你說完了嗎？」

朱靜慨然自若地道：「學生說完了，萬望陛下能夠從善如流，重整河山。」

趙佶道：「你退下去吧。」

他繼續道：「傳朕的旨意，去對宮外的士子們說，他們要說的，朕知道了，不許再到宮外逗留；再敢在正德門外喧嘩的，讓禮部去把他們的名字一個個記下來，銷了功名，永不錄用。」

朱靜道：「陛下……」

「出去！」趙佶怒喝一聲。

朱靜退出殿去；趙佶才站起來，從金殿上一步多走下來，陰沉著臉，舉目四顧，他的眼睛落在誰身上，被趙佶盯看的人便嚇得低下頭去。

趙佶走了幾步，突然道：「朕什麼時候說過要廢黜太子？李邦彥，你說，可有其事嗎？」

李邦彥慌忙地跪下，道：「臣從未聽說過，想來……必是坊間流言，陛下何必與那讀書人認真？」

趙佶冷笑道：「世上哪有空穴來風的事，沒有人在背後挑唆，這件事如何會傳得沸沸揚揚？」他目光又落在一個大臣身上，道：「石愛卿，你來。」

石英朗聲道：「如陛下所說，此事未必是空穴來風，陛下若是見疑，不如徹查。」

趙佶冷哼一聲，負著手，突然停在了趙恆的面前，一雙眼睛看著趙恆，趙恆低垂著頭大氣不敢出，良久之後，聽到趙佶道：

「太子，你來說說看，父皇可曾提及說要廢黜太子的事？」

趙恆慌忙跪倒，道：「兒臣從未聽父皇提起，不知是誰這樣大的膽子，居然敢離間父皇與兒臣父子失和，父皇待兒臣優渥得很，平素一向關懷備至，養育之恩，日月可昭，這些人真是該死，兒……兒臣一定去查，查清楚。」

趙佶闔著眼睛，幽幽地道：「你這麼慌張做什麼？朕又沒說是你教唆的。」

趙恆跪在趙佶腳下，魂不附體地道：「兒臣是氣極了，居然有人敢污蔑父皇……父皇……兒臣……」

趙佶淡淡地道：「你不必再說了。」

「是……是……」趙恆感覺似乎有一座大山壓在自己的肩上，令他一口氣吐不出來，也吞不進去。

等到趙恆大著膽子輕輕抬起眸來，才發現趙佶已經踱步走開，不由地鬆了一口氣。

趙佶回到金殿上，慢吞吞地道：「太子賢明，朕已經不是第一次聽說了，如今眾口一詞，朕深以為然。」他頓了一下，又道：「有子如此，朕心甚慰，太子，從今往後，你更要用心，不可懈怠自滿，知道了嗎？」

趙恆心中狂喜，連忙拜倒，道：「兒臣一定盡心輔佐父皇。」

趙佶冷冷一笑，繼續道：「方才那書生朱靜說，平西王禍國殃民……沈傲，你出來。」

沈傲出班，氣定神閒地道：「陛下。」

趙佶淡淡道：「方才那書生所言的屬實嗎？」

沈傲佇立在殿上，腰板挺得筆直，從口中迸出三個字：「不屬實！」

「胡說！」

機會來了，若是這個時候再不站出來，更待何時？程江經過了方才的大起大落，這時候敏銳地從班中站出，冷笑道：

「那書生之言，字字泣血，中肯至極。到了這個時候，平西王還敢狡辯嗎？」

沈傲淡淡地看了程江一眼，道：「若是說本王禍國殃民，程大人可有證據？」

程江冷笑道：「海政就是鐵證，你還想抵賴？」

沈傲呵呵一笑，恭敬地向趙佶的方向拱拱手，道：

「鐵證？本王欽命去釐清海事，事後陛下大加褒獎，莫非程大人的意思是說，陛下也禍國殃民了？方才那書生說本王是奸臣，可莫要忘了，那書生說陛下是什麼？」

滿朝頓然譁然，程江也意識到了自己似乎鑽進了沈傲的圈套。承認書生說的話，沈傲固然是奸逆，禍國殃民。可是陛下豈不也是昏君？可要是否認掉陛下是昏君，那麼就要推翻那書生的言語，一旦推翻掉，沈傲這「禍國殃民」四字當然無從談起。可是太子賢明又豈能當真？

程江面如豬肝，期期艾艾地道：「那……那只是……」

沈傲不疾不徐地盯著程江，一步步走近他，笑吟吟地道：

「方才程大人是怎麼說的？」

沈傲冷笑道：「那書生之言字字泣血、中肯之極是不是？程大人很認同那書生的話？」

程江道：「我……我……」

有些話，讀書人可以說，偏偏堂堂的吏部尚書卻萬萬不能說，程江若是承認了這個，只怕這吏部尚書立即就變成一介草民了。他定了定神，道：「老夫辯不過你。」

李邦彥知道不能再等了，站出來朗聲道：「陛下，微臣有事要奏。」

這一下算是給程江解了圍，程江並不感激，反而瞪了李邦彥一眼，心裏想，姓李的直到這時候才出來說話，這是成心要讓老夫下不了台了，趁著李邦彥奏對的功夫，他立即灰溜溜地退回班中去。

李邦彥朗聲道：「門下省近來聽到了一些風言風語，微臣便派人去核實了一下，結果卻發現了一樁天大的事。」

天大的事在朝廷裏可不是輕易能說出口的，危言聳聽也要承擔責任，所以當李邦彥說到天大的事，滿朝文武又是譁然一片，都想今日的朝議是怎麼了？怎麼大事情一樁樁的。

趙佶坐直了身體，也凝重起來，道：「李愛卿但說無妨。」

李邦彥道：「在汴京城郊郭家莊，平西王的老師陳濟大肆招募死士，人數竟有千人之多，日夜操練不輟，老臣還得知，每隔三五日，平西王府就會運送一些糧食、蔬果過去。陛下，太祖皇帝開國之時，就嚴禁大臣蓄養私兵，超過百人者，便可以謀逆論處，而平西王蓄養千餘人，到底是什麼居心，微臣不敢斷言，可是天子腳下，竟是這般肆無忌憚，還要請陛下徹查。」

「私兵……」所有人的眼眸都閃過一絲驚愕，這事可是不小，真要核實了，便是平西王也未必能擺得平。

趙佶皺起眉，默然不語。他想起了一件事，沈傲確實曾和自己說過招募人手刺探軍情的話，這些也是他認可的，可是現在李邦彥卻當著滿朝文武把事情抖落出來，這就有點難辦了。

有些事能說不能做，有些事能做不能說，放探子進商隊就是後者，若是這件事堂而皇之拿出來討論，只怕女真只要收到一丁點的消息，八成遇到了大宋的商隊就要砍腦袋了，還奢談什麼刺探情報？

可是……趙佶的臉上露出為難之色，既然不能說，就不能為沈傲撇清，不撇清，這髒水怎麼擦乾淨？

見趙佶為難，李邦彥反而振奮了精神，陛下的心思，他也略略摸透了一些，行事過於瞻前顧後，尤其是這麼大的事，多半會顧左右而言他的。他正色道：

「陛下，這件事若是不徹查清楚，汴京城外有一支千人的軍馬，一旦有事，則萬劫不復，懇請陛下明察，否則我大宋危如累卵，遲早要釀出大禍。」

李邦彥已經有逼趙佶表態的意思，勝敗只在一線之間，怎麼能輕易錯過機會？

「父皇……」趙恆方才得了趙佶的褒獎，見李邦彥打頭，他這太子豈能再裝傻充愣？立即站出來道：「兒臣也懇請父皇徹查此事，若是查有實據，父皇大可處置。可要是查無實據，也好還平西王一個清白。蓄養私兵，且人數竟有上千之眾，此事關乎江山社稷的安危，父皇豈能坐視？」

見趙恆站出來，一臉爲難的趙佶目光一閃，一對眸子在李邦彥和趙恆二人之間逡巡，似有所悟。他收回幽幽的目光，整個人又變得篤定起來，嘴角浮出一絲笑容，用手指敲擊著御案，一個字也不肯吐露。

「陛下，事關重大，豈能草率略過？老臣也懇請陛下明察秋毫。」

第三個站出來的是程江，眼下這殿中，不管是太子，還是門下令，亦或是吏部尚書，這三個絕對是大宋朝最頂尖的人物之一，太子是未來儲君，門下令爲一國宰輔，吏部尚書手掌天下人事任免，哪一個都是黨徒眾多的大老級人物。

他們三個人站出來，讓趙佶的眼中閃過一絲畏色，這畏懼之心並不是因爲這三人的

壓力，而是他實在想不到，圍繞在太子周圍的，居然都是朝中如此顯赫的人物，敲擊著御案的指節頻率，不由地開始加快了！

「噠……噠……噠……噠……」這聲音清脆卻不悅耳，可是誰都知道，陛下的習慣一向如此，一遇到難以決斷的問題，就會做出這個舉動。

「臣附議……請陛下徹查！」

又是一個人站出來，這人地位並不算顯赫，卻也重要的很，是太僕寺寺卿。太僕寺，說穿了，就是掌管天下畜牧馬匹的，還管著宮中的車駕。也就是說，這太僕寺與宮中息息相關，只要有人在宮中的御馬中做些手腳，其後果絕對不堪設想。

趙佶的眼中已經露出了殺機，他的指節仍在敲擊御案，頻率更快了一些。

# 第一四九章 滿盤皆輸

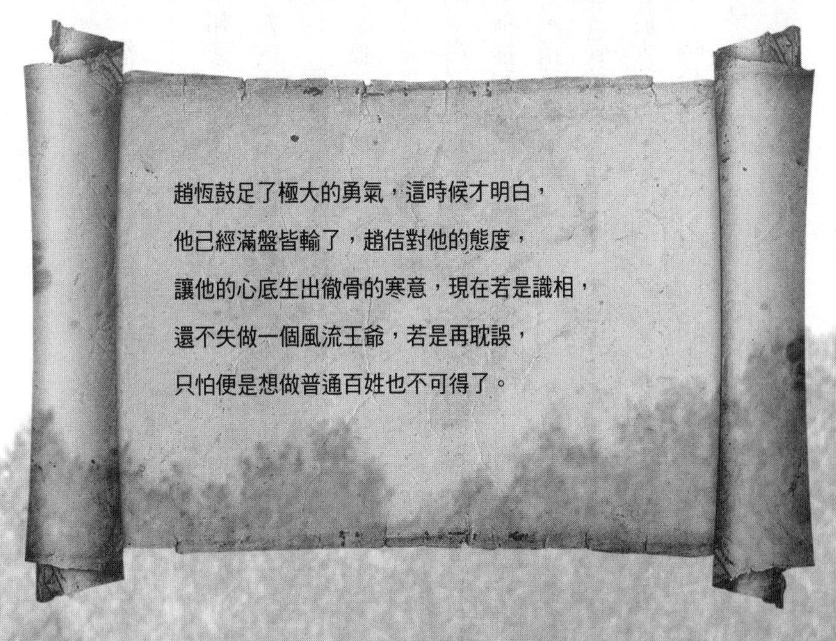

趙恆鼓足了極大的勇氣，這時候才明白，
他已經滿盤皆輸了，趙佶對他的態度，
讓他的心底生出徹骨的寒意，現在若是識相，
還不失做一個風流王爺，若是再耽誤，
只怕便是想做普通百姓也不可得了。

「臣附議……」

「臣附議……京畿重地，蓄養私兵，陛下若是不聞不問，陛下如何心安？」

「臣附議，請陛下徹查……」

這時候非但是太子、李邦彥、程江的黨羽，便是一些中立的大臣也紛紛站了出來，一下子，講武殿裏居然有半數的大臣站出班，其中更有不少武官。

沈傲面無表情地看了趙佶一眼，趙佶的臉色已經越來越尷尬了。

士子們擁護太子還可以原諒。可是這麼多人呼應太子，這就不同尋常了。雖然許多人只是就事論事，可是在趙佶看來，卻是另一回事。

趙佶的臉色鐵青，他喝了口茶，再不是猶猶豫豫的儒弱姿態，整個人宛若太祖重生，目光如鋒芒一樣尖銳，他掃視了講武殿一眼，重重地用指節敲擊了一下御案。隨後站起來，暴躁如雷地舉起手，指著沈傲道：

「沈傲，這麼多人說你蓄養私兵，你今日給朕說清楚。」

沈傲恬然一笑，龍顏終於大怒，只是這滔天之怒看上去雖是向自己發出來的，其實真正的目標卻不是自己。他笑吟吟地道：

「回稟陛下，微臣並不是蓄養私兵，而是操練護衛。」

「護衛……」趙恆冷笑道：「平西王就是拿這理由來搪塞父皇的？」

沈傲一口咬定：「確實是護衛，本王家大業大，生意又多，若是沒有護衛拱衛，這生意怎麼做得成？」

趙佶所要的就只是沈傲的藉口，並不是要刨根問底，所以不管是什麼藉口，他都沒有心思計較。他臉上浮出了笑容，淡淡道：

「朕倒是想起來了，平西王確實和朕說過，想在城郊操練一隊護衛，平西王，朕說的對不對？」

沈傲苦笑道：「難爲陛下還能記起，否則微臣真要蒙受不白之冤了。」

趙佶淡淡道：「朕不會冤枉了你，可是要有人想糊弄朕，朕也絕不會任人蒙蔽。」

他二人輕鬆的交談，讓那些站出班的文武大員們頓時洩了氣，原來還真是操練護衛，事先還和陛下知會過，既然是聖上准允的，自然談不上什麼蓄養私兵了。

趙恆的臉色已經拉了下來，原以爲一擊必殺的殺手鐧，原來連竹竿都不如，他惱怒地瞪了李邦彥一眼，似是責怪李邦彥沒有打探清楚。

程江似有不甘地想說什麼，最後還是搖搖頭，垂頭喪氣的樣子。

李邦彥已經察覺到什麼了，不禁打了個冷戰，深深地看了趙佶一眼，從那書生進殿之後，他已經預感到了大事不妙，現在，這個感覺越來越強烈。

趙佶坐回了龍榻上，又是喝了口茶，打起精神道：

「一場誤會，看來是李愛卿冤枉了沈愛卿，這件事就議到這裏吧，沈傲，你既然是操練護衛，也不能放任，到兵部去報備一下，省得讓人起疑。」

沈傲躬身道：「廷議結束之後，臣就去報備。」

趙佶頷首，隨即悠然地道：「諸卿還有人有事要奏的嗎？」

今日廷議發生了這麼多事，就算是有事的，這時候也不敢再去觸霉頭了，因此趙佶連問了三遍，文武們都是緘默不言。

原以爲趙佶這時候會宣布退朝，誰知趙佶淡淡一笑，語氣突然變得冰冷起來，冷冷地道：「可是，朕卻有些事要和諸卿們商議一下。」

趙佶頓了頓，掃視了魂不附體的眾臣一眼，繼續道：

「就在上月，在潭州府有一夥暴民砸了縣衙，劫持了縣令，聚眾千人謀反，贛州府幾次進剿居然都徒勞無功，反倒讓賊人殺死官差近百人之多，這件事，爲何前日才報進宮來？」

奏疏遞入宮中是門下省的事，所有人都不禁朝李邦彥看過去，李邦彥苦笑道：

「陛下，奏疏本是在月初的時候就遞了過來的，不過……不過……」

趙佶冷聲道：「不過什麼？」

李邦彥雙膝跪倒，道：「因爲此前只是鬧了縣衙，微臣想，這樣的小事，何必要攪了陛下的興致？所以想等當地官府進剿，待報捷的奏疏遞上來了再一併呈報，也好讓陛下寬心。」

李邦彥所言的事，其實在蔡京主政時期就已經成爲定制，往往出了匪患，若是先送進宮去，宮中肯定憂心忡忡，會責怪輔相不能盡心用命，一般這種匪患幾乎是過了幾日就會鏟平，所以先把奏疏壓一壓，等地方上了報捷奏疏，再將兩份奏疏一起送入宮去，宮裏一看，一個匪患只不過幾日功夫就鏟平了，心裏自然認爲這是大家盡心用命的結果。

李邦彥不過是蕭規曹隨，誰曾想，潭州府這一次陰溝裏翻了船，居然拖了近一個月功夫，還沒有把事情辦妥。李邦彥不得已，只好將奏疏遞入宮去。

這件事趙佶並沒有怎麼見怪，看了奏疏，也只是下旨讓各路府合兵進剿，誰知事隔幾天，陛下又提起此事，這就有點兒讓人摸不透了。

趙佶聽了李邦彥的辯解，勃然大怒，拍案道：

「是誰給門下省扣壓旨意的權力？好大的膽子，這麼大的事，朕居然毫不知情，被你們這樣蒙蔽，你這門下令是怎麼當的？」

李邦彥只好磕頭道：「微臣萬死！」

趙佶冷哼，道：「萬死倒不必，可因爲這個耽誤了進剿，讓賊勢坐大，你李邦彥





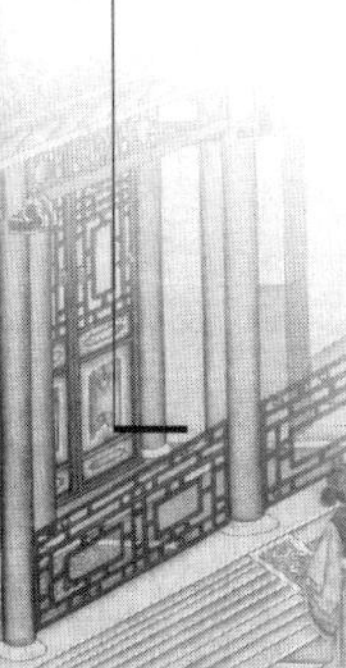

難辭其咎，來人，傳旨意，李邦彥怠忽職守，擾亂聖聽，回府面壁思過，門下省暫時由……」

趙佶沉默了一下，在群臣中掃了一下，頗有些心煩意躁地道：

「暫由禮部尚書楊真代任。」

誰也不曾想到，這門下令說思過就思過，更沒有想到，平素一向不太討趙佶喜歡的楊真居然大受青睞，一躍從尚書跳到了門下省。說是代任，其實不過是一種委婉的說法，但凡是在徽宗朝裏做過事的人都知道，李邦彥完了。

李邦彥整個人一下子癱在了地上，氣若游絲地道：「老臣謝主隆恩。」

楊真站出來，中規中矩地行了個禮，道：「老臣年邁，只怕……」

趙佶打斷他道：「你不必辭謝，好好地做事吧。」

沈傲看了趙佶一眼，心裏的一塊大石落地，李邦彥果然完了，其實從一開始，李邦彥的結局就已經注定，他爲了明哲保身，不得不和太子混在一起，可是要知道，和太子廝混本就是天子眼中的大忌，原本不暴露倒也罷了，可是沈傲這一連串的手段使出來，李邦彥居然去做太子的馬前卒，做開路先鋒，以趙佶的智慧，難道會看不透？

現在全「天下」的人都稱頌太子的賢德，這也觸犯了趙佶的忌諱，只是在這個節骨眼上，趙佶當然不會對趙恆動手，可是這些太子的餘黨，趙佶會毫不猶豫地清除掉，李邦彥既然做了開路先鋒，趙佶第一個要收拾的，當然也就是他。

至於突然選擇楊真來做這首輔，只怕趙佶心中也早有考量，太子的黨羽當然是沒份的，舊黨現在聲勢本來就浩大得很，不可能將門下、中書全部交在舊黨手裏。唯有楊真從不結黨，辦事的能力雖然平平，且最喜歡指指點點，甚至幾次當著趙佶的面頂撞，可是有一點卻是最重要的，他既不是舊黨，也不是太子的黨羽，這樣的人在朝中已經很難得了。

就這麼個倔老頭兒，居然稀里糊塗地一躍到了天花板上，沈傲心裏想，不知多少人要妒忌呢，大家辛苦鑽營，傍大腿的傍大腿，曲意討好的曲意討好，結果好事居然給楊真占了，這還有沒有天理？

楊真見趙佶態度堅決，也端正了態度，正色道：「陛下委以重任，老臣縱是粉身碎骨，也難報萬一，定當盡心竭力，爲陛下分憂。」

趙佶寬慰了幾句，再不去看那失魂落魄的李邦彥，繼續道：「朕還有一件事要議。」

聽到還有一件事，許多人心裏禁不住又是害怕又是激動，害怕下一個倒楣的是自己，又希望自己能頂了哪個倒楣傢伙的空缺，眼睛都巴巴地看著趙佶，連呼吸都有點兒急促了。

趙佶徐徐道：「前諮議郎中藍溫，貪瀆無能，這樣的人，居然從京兆府提到了諮議局，此後這藍溫在諮議局又橫行無忌，最後被士子們打死，這件事，朕現在思量起來，和吏部脫不開干係。」

吏部兩個字像是一根針，狠狠的扎得程江一下子萎頓下去，他拖著沉重的步伐站出來道：「陛下，微臣也因為這件事，將吏部好好肅清了一番，吏部魚龍混雜，某些官員欺上瞞下也是有的，就比如那前功考郎中劉著，便是提拔藍溫的罪魁禍首，只是現在劉著已經致仕，微臣只能作罷，吏部將來一定盡心竭力，再不敢出這等事了。」

趙佶怒道：「這麼說，你這吏部尚書是一點干係都沒有了？難道功考郎中劉著當時不是你的屬官？藍溫升調到諮議局，你難道就沒有核實？這倒是奇了，朕的吏部尚書難道一下子成了擺設？有功時有你的份，如今有了罪責，你倒是推脫得一乾二淨了？」

程江連忙拜倒在地：「微臣失察，請陛下降罪。」

程江大氣不敢出，匍匐在地上，他無論如何也想不通，怎麼官家話鋒一轉，反而將矛頭指向了李邦彥和自己？

趙佶沉默了一下，道：「你知罪就好。」

程江面如死灰，只聽趙佶繼續道：「既然知罪，程愛卿知道該怎麼做了嗎？」

程江如鯁在喉，好不容易地擠出四個字：「臣知道了。」他頓了一下，艱難地道：「老臣年邁，近日又犯了舊疾，懇請陛下擬准老臣致仕還鄉，頤養天年。」

趙佶淡淡地敲了敲御案，道：「程愛卿有功於國，朕實在是捨不得愛卿離朝，可是話說回來，天下無不散之宴席，國事不是兒戲，那就恩准了吧，明日門下省就放出旨意，准允程愛卿衣錦還鄉，當地官員要小心迎候，不可懈怠。」

程江臉上的表情比哭還難看，重重叩首道：「陛下恩德，老臣無以為報。」

趙恆完全呆住了，轉眼之間，他的左右臂膀一個革職待罪，一個致仕還鄉，原以為自己的羽翼已經豐滿，誰知道趙佶只是三言兩語，就將他這太子一下子變成了孤家寡人。

趙恆心裏已經畏懼到了極點，方才趙佶褒獎了他幾句，他還當趙佶已經聽信了書生之言，很是欣慰。現在看來，才發現不太對頭。

趙恆萬念俱灰，噗通一下跪倒在地，朝趙佶磕頭道：「父皇……兒臣有罪。」

趙佶連看都不看他一眼，淡淡地道：「我大宋歷代先帝皆以賢明通達而聞名，朕即位以來，宿夜難寐，如履薄冰，不敢有絲毫懈怠，何也？不願蒙羞社稷而已……」

「父皇……」趙恆淚流滿面，趙佶越是不理他，他才越感覺到事態的嚴重，現在當著文武百官的跟前，他寧願趙佶狠狠的臭罵他一頓，也不想時刻提心吊膽，他帶著哭腔道：「兒臣萬死，請父皇治罪。」

趙佶繼續道：「可是朕今日才知道……」他從御椅上站起來，負著手，眼中閃動著怒火，帶著高昂的聲音道：「原來朕在天下人看來不過是個聲色犬馬，篤信黃白之術，妒賢用奸的昏君，我大宋的昇平天下，原來竟是民生凋零，百姓衣不蔽體，食不能果腹，滿目瘡痍，宛若危樓累卵。」

「兒臣……兒臣請辭太子，請陛下另擇……」

趙恆鼓足了極大的勇氣，這時候才明白，他已經滿盤皆輸了，趙佶對他的態度，讓他的心底生出徹骨的寒意，現在若是識相，還不失做一個風流王爺，若是再耽誤，只怕便是想做普通百姓也不可得了。

「住口！」趙佶的眼眸如刀鋒一樣掃在趙恆的臉上，聲若轟雷，將趙恆的話生生打斷。

趙佶的語氣放慢了一些，幽幽道：

「東宮如此賢明，爲何還要請辭？朕若是廢黜了你，這大宋的社稷還要不要？祖宗之法，朕敢不遵守嗎？萬民的浮望，朕敢無動於衷嗎？你再說這種話，豈不是將朕置於不仁不義的地位，一定要朕坐實了這昏君？大宋的國本還指望你來鞏固呢，朕怎麼會廢黜於你？」

這一連串的反問，嚇得趙恆的衣襟都濕透了，他大氣不敢出，整個人匍匐在殿上，顯得無比的蕭索。

趙佶淡淡道：「平西王何在？」

沈傲信步出來，拱手道：「臣在。」

趙佶道：「太子天資聰慧，異日必是聖明的天子，從今往後，就在東宮讀書吧，好好讀書，將來才能建立一番偉業，我大宋中興，全都寄望在他的身上，從今往後，你來督促太子讀書，不要懈怠了。」

沈傲彷彿聽到的是「好好收拾太子，不要懈怠了。」心裏不禁想，這皇帝老子一向好大喜功，沉浸在自己意淫中的太平盛世、豐亨豫大裏，突然被人當著滿朝文武的面戳破了他的皮球，生出一肚子的暗火可想而知。如今太子賢明，他昏聵，趙佶心裏雖然已經下定了廢黜太子的決心，可是在這個節骨眼，卻是絕不肯付諸行動的，畢竟大家才剛剛眾口一詞地說了太子的好話，現在行動，等於是頂風作案。

在趙佶看來，趙恆的罪過並不是賢明，從本心上，趙佶對趙恆早已不滿意，說聰明也不聰明，說能幹也不見能幹，實在不太像是他趙佶的兒子？趙佶是誰？何等聰慧的人物，吹拉彈唱，琴棋書畫，無一不是精通無比，尋常人就是有一項能達到他的造詣，就足以名揚天下，而趙佶卻是無一不達到了宗師的境界。

這樣的一個人，居然被人說得一錢不值，反而大肆去熱捧那個平庸的太子。趙佶是個極端自負的人，碰到這種情況，他的第一個反應並不是自己做錯了什麼，而是太子散佈言論，在為自己造勢。而太子因何而造勢，這背後有什麼居心，其實只要想一想就能明白了。

自己的兒子，自己的太子，居然敢四處鼓噪，去貶低自己的父皇，從而來為自己博取名聲，這樣的兒子，趙佶還肯將天下交給他？

沈傲鄭重其事的道：「臣遵旨。」

一場朝議不歡而散，整個朝廷只用了一個多時辰的時間又開始重新洗牌，李邦彥黯然收場，程江還鄉，好不容易能接觸到政務的太子又要回到東宮讀書，真正的得利者是平西王，同時還有楊真。

楊真這個平時姥姥不疼舅舅不愛，甚至大家都拿他當做糞坑裏的硬石頭一樣的人物，這時候居然變得炙手可熱起來，朝議剛剛散去，便有許多平素連見面都不太打招呼的大老過來向楊真道賀。

楊真卻是板著個臉，道了一句：「老夫受陛下所托，不敢懈怠，今日既然做了這門下令，就不該尸位素餐，從明日起，從門下省開始，徹底核查各級官吏，平素做事竭力的，留下繼續任用；若是有疏忽懈怠的，直接開革吧。」

楊真說得輕巧，卻把大家嚇得面如土色，都說新官上任三把火，可是這位楊大人的第一板斧就是拿滿朝的官員開刀，果然不愧是茅坑中的石頭，又臭又硬。

開革……你以爲你是誰？

許多人的心裏勃然大怒，尤其是幾個尚書、侍郎，臉色都變得不太好了，先從門下省開始，接著就是三省，再就是六部和京中各衙門，作爲朝中大老，大家當然不怕楊真，可是誰家沒有幾個親近的子弟和門生，到時候把火燒到他們頭上，這可如何是好？

楊真見眾人不說話，恬然道：「此事老夫會向陛下陳情，只要旨意一下，大家就都做好準備吧，這汴京城的冗員太多，上行下效，可想而知下頭是什麼樣子？」

他負著手，眼睛落到要從殿中出去的沈傲身上，朝沈傲道：「平西王留步。」

沈傲笑呵呵地走回來道：「楊大人，恭喜了。」

楊真板著臉道：「恭喜的話就不必說了，老夫要清理京中的冗員，不知殿下可支持嗎？」

沈傲不禁感嘆道：「楊大人實在太有魄力了。」

楊真看向沈傲，一副視死如歸的樣子，道：「殿下認可老夫的提議嗎？」

許多人的眼睛朝沈傲這裡看過來，沈傲沉吟了一下，他當然知道，支持楊真的後果會是什麼。

沈傲猶豫了一下，淡淡地道：「楊大人若是寫好了奏疏，便送到本王的府邸來，本王署個名吧。這件事做得好了，也是利在千秋的事。」

沈傲這時心裏想，他娘的，楊真敢做，我這愣子爲什麼不敢？反對？誰來反對試試看，本王一巴掌扇死他。

沈傲旗幟鮮明地站到了楊真一邊，讓所有人目瞪口呆，可是誰也沒說什麼，大宋上下已經有了個不成文的規矩，就是千萬別惹煞星，他要折騰……那就隨他折騰去吧。

春雨綿綿，宮外仍是陰霾一片，許多人冒雨從講武殿走到正德門，外頭的轎子都已經停滿了，諸位大人們鑽進轎子，分道揚鑣。

沈傲到宮門時，看到太子的馬車就在不遠處，太子失魂落魄地要上車，沈傲呵呵一笑，朝趙恆叫道：「太子殿下……」

趙恆回眸，怨恨地看了沈傲一眼，最終還是乖乖地冒雨過來，道：「殿下叫本宮來，有什麼吩咐？」

趙恆的姿態放到了最低，他這時就是再蠢，也知道這架子端不起來了，如今這太子，實在是落地鳳凰，連雞都不如。

沈傲和藹可親地道：「陛下令本王督導太子功課，不知太子的學業如何？」他撇撇嘴，隨即笑起來：「罷罷罷，你先抄十遍四書五經送到本王這兒來吧，殿下可不許請人代筆，殿下的筆跡，本王是記得的。」

十遍……十遍四書五經，便是寫一個月也未必能寫完，沈傲的教導方法，實在太偷懶了一些。

趙恆惡狠狠地看了沈傲一眼，想要發作，最後還是忍住了這口氣，道：「本宮知道了。」

沈傲不再理會他，叫人牽了馬，冒雨打馬回府。

回到府邸時，沈傲渾身已經濕透了，劉勝滿是埋怨，道：

「殿下怎麼能這樣不愛惜自己？這雨雖然不大，可是冒著雨回來，若是弄壞了身子怎麼辦？叫王妃們知道又要擔心了。」

沈傲呵呵笑道：「那就不要讓她們知道，去放水，給本王沐浴吧，再拿幾件乾淨的衣衫來。」

劉勝應了一聲，安排去了。

等到沈傲洗完了澡，雨還沒有停歇的跡象，他泡在浴桶裏時還在想朝議的事。

「又要翻天了。」沈傲想到冗員兩個字，心裏不禁竊喜，這可有熱鬧瞧了。

他興致盎然地到書房坐了一會兒，結果半個時辰不到，楊真便到訪了。

老傢伙在奏對的時候還說自己老邁，可是看這辦事的效率，沈傲心裏不禁腹誹。

楊真兩頰暈紅，頗有幾分揚眉吐氣的樣子，一見沈傲，也不和沈傲寒暄，屁股一落座，茶都不肯喝，便道：「殿下不是說老夫要是擬出了奏疏，便送來給殿下過目？這奏疏，老夫已經擬定了，殿下能否看看。」

在大宋，有沈傲幫襯，做什麼都能事半功倍；可要是平西王反對，再輕易的事也會變得繁瑣。楊真看上去傻頭傻腦的，一臉忠厚老實的樣子，其實心裏頭比誰都精明。

沈傲甚至惡意地想，這楊真是不是早就磨刀霍霍了，成天咬牙切齒地在想裁撤冗員的事，否則從朝議回來，最多也不過一個時辰，他就洋洋灑灑地把奏疏寫了出來。

沈傲接過奏疏一看，更是印證了自己的想法，這老傢伙居然連章程都寫出來了。

「平時疏於職守的，裁撤！」

這一條，沈傲倒是沒話說，衙門裏什麼不多，就是吃閒飯的多，吃閒飯的最可恨了。

「貪瀆的裁撤。」

沈傲已經開始覺得，老傢伙這章程是專門針對自己的了。

他繼續看下去，第三條是「狎妓的送吏部處置。」

「狎妓也要處分？」沈傲認真端詳了楊真一眼，覺得老傢伙是不是心理變態了？在大宋朝，狎妓可是一件很高尚的事，官員才子們都以狎妓為榮，青樓裏，哪個晚上沒有穿著便服的官人大駕光臨？這是萬惡的封建社會，嫖娼怎麼了？

楊真正色道：「狎妓靡費錢財，滋生這種喜好的官員，必是贓官無疑了。不過……老夫也拿不準這件事，還要向殿下請教。」

沈傲皮笑肉不笑地道：「大人請說。」

楊真臉上生出些許尷尬來，踟躕了很久才開口道：「宮中據說也……」

沈傲立即板起臉來：「沒有的事，子虛烏有，陛下後宮佳麗三千人，怎麼會做這種傷風敗俗的事？本王拿自己的手指甲作保，這種流言，楊大人切莫相信。」

楊真朝沈傲認真地道：「平西王何苦要瞞著老夫？這汴京城誰不知道？正如陛下所說，世上哪有什麼空穴來風的事。老夫擔心的就是這個，若是加這一條進去，陛下那邊會不會生出不悅，當老夫是針對宮中？」

沈傲索性也不瞞了，趙佶自己做的醜事，怎麼遮掩得住？想了想道：

「本王以為，這事倒是索性寫出來才好，楊大人想想看，若是賊聽見有官差叫人去捉賊，這賊會怎麼樣？」

楊真一頭霧水。

沈傲呵呵笑道：「本王要是那賊，一定會賣力協助官差去拿賊，一者，同行是冤家。二者，越是賣力，就越能洗清自己。陛下看了奏疏，心裏就會想，若是朕不擬准，說不準外頭會說朕做賊心虛，這個時候，反而不好拒絕了。」

楊真不禁失笑，道：「這麼說，這一條非但不能刪減，還要再潤潤筆了？」

沈傲本想提起筆來爲這奏疏潤潤色，隨即一想，楊真也算自己的恩師，自己若是添了筆，反而是羞辱自己的老師，於是便笑道：「大人可以再潤色一下，不必有什麼顧忌，說得冠冕堂皇一些，依著陛下的心思，非擬准不可。」

楊真大笑，滿面通紅地道：「若是老夫能做成此事，此生無憾了，老夫做了這麼久的官，朝廷裏烏煙瘴氣的事見得多了，只恨有心無力；如今既然做了門下令，便是粉身碎骨，也要做點事出來。」

沈傲只能道：「大人高潔，學生不如。」

他改稱學生，隨即舉起筆，在奏疏之後署上了自己的名字，雙手將奏疏奉還，道：「大人可要小心了，砸了人家的飯碗，人家可是會拼命的。」

楊真鄭重其事地點點頭，道：「死亦無所恨。」

世人很難理解楊真的想法，寒窗苦讀了幾十年，好不容易有了做官的機會，登上了天子堂，卻還要執拗的去做那種吃力不討好的事，同僚對他使白眼，親眷們疏遠他，得到的不是榮華富貴，而是恪守著青燈草廬，這樣的人一輩子求的是什麼？

便是沈傲也很難理解楊真的行爲，活著多好，活著才能吃喝，才能歡笑；有錢又多好，有了錢，才有紅袖添香，才有錦衣玉食；同流合污多好，同流合污了，才能一人得道雞犬升天，親眷們得到好處，才會稱頌你的功德。爲了一個執著，偏偏要去做個活在自己世界的人，這樣的人可以叫堅守信仰，也可以叫呆子、傻子。

沈傲心裏不禁想：「只怕也正是因爲這個世上還有呆子、傻子存在，才讓這污濁的世界多了幾分光亮，才讓這滿是銅臭的天下多了一分色彩。還好……」

沈傲嘴角揚起幾分苦笑，自嘲的繼續想：「本王不是這種呆子，楊真是蠟燭，燒了自己去照亮別人，自己又是什麼？自己只是一個俗人，活在世上，只求穿暖，只求自己的家人安康，能爲子孫攢下財富，如此而已。」

可是沈傲還是決心和這呆子一起去上這道奏疏，彷彿不具自己的名字，就像是一根魚刺梗在喉嚨，人活在世上，再俗不可耐，總要熱血一次，去做一件自認爲可以去做的事。

楊真接了沈傲具名之後的奏疏，臉上露出喜色，隨即道：「有平西王具名，這事就成功了一半。」他沉默一下，道：「從前多有得罪之處，還望殿下勿怪。」

楊真從前確實給沈傲吃過一些苦頭，只說彈劾一項，這老傢伙也沒少給沈傲穿小鞋，換做是別人，早就一巴掌扇過去了，可是這時候，他只是笑著道：「世上有理想的人不多，大人算一個，大人能爲難學生，學生豈敢有什麼微詞？」

和楊真說了幾句話，楊真見天色不早，便起身道：「明日老夫便進宮去，殿下，再會了。」

沈傲將楊真一直送到中門，囑咐道：「切記，這狎妓的事一定要再潤色一些，越冠冕堂皇越好。」

楊真應了，鑽入轎子，漸漸遠去。

天色暗淡，雨後的黃昏說不出的清新，與平西王府門前的燈籠相互輝映，這光線揉搓在一起，照耀在沈傲的臉上，霎時間，這個俗不可耐的少年竟變得光彩照人起來。

# 第一五〇章 棘手的上書

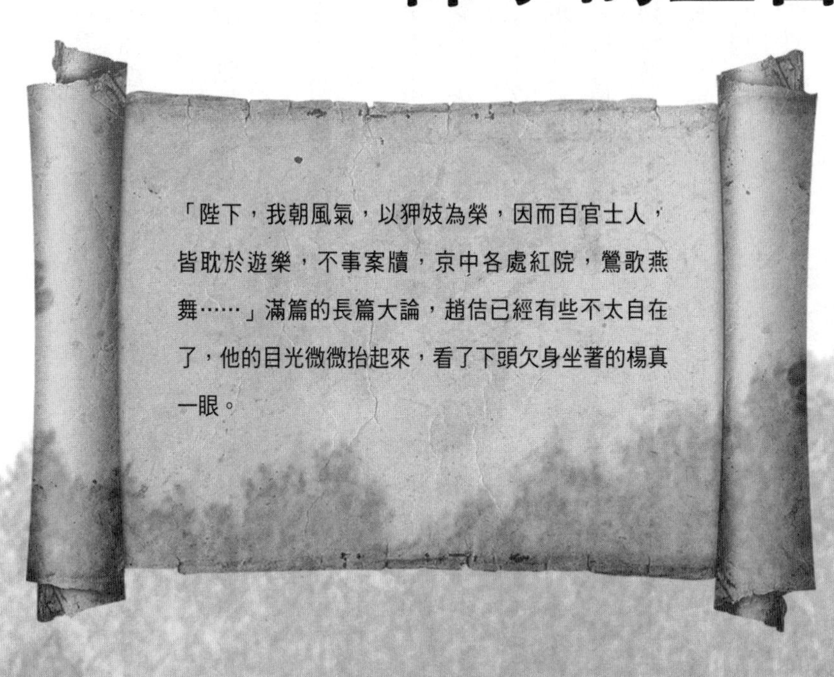

「陛下，我朝風氣，以狎妓為榮，因而百官士人，皆耽於遊樂，不事案牘，京中各處紅院，鶯歌燕舞……」滿篇的長篇大論，趙佶已經有些不太自在了，他的目光微微抬起來，看了下頭欠身坐著的楊真一眼。

永和四年二月十六，黃曆上注的是：宜出行、喬遷，忌宴客。很平淡的一天，可是這一天，卻注定不平淡，李邦彥完了，程江完了，處在這漩渦中心的人都知道，太子只怕也完了。

這樣的驚天大變，恰恰一點風聲都沒有，升斗小民們仍是要養家糊口，哪裡有興致去理會什麼天下事？

士人們也看不透這局面，太子據說還受了宮中的獎掖，從此以後在宮中讀書，讀書是好事，誰都可以說出個不好來，唯有讀書人不能說。所以，整個汴京出奇的平靜，浮躁過後，塵歸塵、土歸土，看不出一點驚天動地的跡象。

新任的門下令還沒有到門下省來，錄事和書令史們等待了許久，才得到消息，楊大人直接入宮去了，至於入宮去做什麼，卻一時猜不透。於是大家只好各行其是，梳理奏疏的梳理奏疏，遞交中書的遞交中書，一切都等楊大人來了再說。

文景閣裏安靜得可怕，只有趙佶翻閱奏疏的沙沙聲，趙佶新梳了頭，整個人看上去精神奕奕，昨天的怒火已經驅散，取而代之的又是那慵懶之態。江山易改本性難移，要讓趙佶一時打起精神來容易，可要他打起一輩子的精神卻是難如登天。趙佶懶洋洋地翻看著御案上的奏疏，顯得有些不耐煩。

裁撤冗員……這可是一件麻煩透頂的事，趙佶這時甚至有些後悔，早知如此，不該讓楊真進門下省，才剛剛上任，就要鬧事了。

趙佶最怕的就是鬧事的，沈傲雖然也鬧，可是鬧得多彩繽紛，這老傢伙的鬧卻是直截了當，一大清早就來折騰。

不過好歹人家也是新官上任，趙佶多少也得重視一下，所以還是認真地看了奏疏。他慢慢的翻閱著，一個字都沒有漏，心裏頗有些不以為然，不過是多一些官而已，何必大驚小怪？這事也能扯到江山社稷上？歷朝歷代哪一次不是如此？這麼個折騰，實在和祖法有點兒相悖。

怠忽職守的要裁撤，貪瀆的要裁撤，看到這裏，趙佶差點兒要趴在案上呼呼大睡了，怠忽職守的多了去了，朝廷追究得完？貪瀆的也不是一個兩個，對趙佶來說，官員貪瀆一些不算什麼，只要忠心即可。平西王不是一樣愛收別人的禮物？可是心裏存著忠心，朕就寵信他。

可是再往下看，趙佶突然打起了精神。

「陛下，我朝風氣，以狎妓為榮，因而百官士人，皆耽於遊樂，不事案牘，京中各處紅院，鶯歌燕舞……」

滿篇的長篇大論，可謂是擲地有聲，趙佶已經有些不太自在了，他的目光微微抬起來，看了下頭欠身坐著的楊真一眼。

楊真有些緊張，畢竟這是他新官上任想立即著手整頓的事，若是宮裏不同意，自己所做的努力，只怕一切都要泡湯了。

趙佶從楊真的臉上沒有看出嘲諷，心裏想，看來他並不是藉故諷刺朕。狎妓……狎妓有什麼錯？偶爾自娛一下難道也成了罪名？趙佶心裏不以爲然，正要否決，可是隨即一想，又警惕起來，若是這時候否決，以這楊真的性子深究起來……

趙佶的目光開始閃爍，頗有點兒做賊心虛的感覺，楊真是塊硬骨頭，趙佶早就知道，所以平素一向不太搭理他，這一次將他提拔到門下省也是沒有辦法中的辦法。

猶豫再三，趙佶呵呵一笑，朝楊真道：

「楊卿家的奏疏很好，我大宋風平浪靜了這麼多年，綱紀崩壞也不是一日兩日的事，尤其是官員狎妓，實在是太不應該，楊愛卿新官上任便著手抓住時弊，著手整肅，朕心甚慰。」

楊真心裏狂喜，道：「陛下，那這奏疏……」

趙佶很爽快地道：「恩准了，這件事，楊愛卿要當做頭等大事來做，吏治崩壞則國不存，國不存則危及社稷，朕得楊愛卿，便如齊王得了管仲，實在是一件幸事。」

他自己都想不到會說出這麼多冠冕堂皇的話來，可是趙佶卻彷彿怕楊真以爲自己不是真心誠意支持整肅似的，繼續道：

「單憑楊愛卿一人之力，只怕還不夠，既然要做，朕當然也不會讓楊愛卿一人操勞，這樣吧，在門下省設一個裁撤局，由楊愛卿帶著，專門處置這件事，但凡有不法的官員，直接上報入宮，只要證據確鑿，朕一概批擬。」

趙佶的大力支持，實在讓楊真沒有想到，連忙道：「臣粉身碎骨，也要為陛下做成此事。」

趙佶算是怕了他，便故意打了個哈欠，道：「好了，楊愛卿新官上任，也該去門下省見一見諸位同僚了，不必在這裏陪朕，朕……朕還有奏疏要看。」

楊真道了謝，連忙出宮。

半個時辰之後，這位楊大人姍姍來遲，終於到了門下省。

門下省以三名錄事為首，五十多名書令史浩浩蕩蕩的到大堂來見禮。

楊真從前在禮部做尚書，所以輕車熟路，直接坐在首座，面無表情的掃了下頭的錄事、書令史一眼，才淡淡地道：「老夫初來乍到，許多事還要倚賴諸位，這門下省的事，都拜託給諸位了。」

大家一起悻悻然地道：「客氣，客氣。」

楊真話鋒一轉，表情變得嚴肅起來，隨即道：

「可是老夫曾記了一筆賬，門下省裏頭，每日遞進來的奏疏總共也不過百來份，就這一百多份奏疏，卻有五十多人署理，諸位未免也太清閒了吧？」

大家立時傻眼，這老傢伙瘋了，都說寧毀一樁婚，莫斷人飯碗，這傢伙一上來，就直接要人命了。

楊真冷笑一聲，拍案而起道：「留下二十人就足夠，吏部那邊老夫會調功考來，憊懶的全部打走！」

風雨欲來，消息一個比一個壞，先是門下省，一個錄事、十九名書令史直接革職，收拾鋪蓋直接滾蛋，連申辯的機會都沒有，而且沒有涉及到黨爭，不管你背後靠著哪棵大樹的，都是一個結局——滾蛋！

大家都坐不住了，可是坐不住也得坐，先是有人彈劾楊真獨斷，可是奏疏很快就還回來，宮裏的態度很曖昧，說的再清楚一些，就是皇帝不管，別來煩朕！

皇帝不管事，那就是門下令管事了，門下令大刀闊斧，只用了幾天時間，最先倒楣的是門下省，又是一批書令史滾蛋，連招呼都不打，舉出了罪證，直接就是開革，一點情面都不講。

接著，門下省一份旨意傳出來，一場轟轟烈烈的訪察算是正式開始。

第二個倒楣的是禮部，按道理，禮部好歹是這位楊大人的地盤，這麼多同僚抬頭不見低頭見，總要給點面子。一開始，甚至有不少禮部的人向外放言，說是楊大人便是裁撤了到瓊州府，禮部也一定能安然無恙。誰知門下省之後，禮部立即掀起了暴風驟雨。比起整肅門下省來，禮部更是雷厲風行，甚至連功考都不必查驗，禮部上下的官員，每一個人的品行優劣都牢記在楊真的心裏，所以直接操刀，立馬讓二十三人滾蛋。

這種聲勢，絕不是開玩笑這麼簡單，先拿門下省祭旗，再拿禮部開刀，這位楊大人用意十分明顯，老子先割自己一刀，到時候折騰起你們來，可別說老子有失偏頗。

這種先捅自己一刀再追著人去砍的，絕對是最狠戾的角色，因為這種人無欲無求，無所畏懼，目的只有一個，弄死你。

整個汴京的官員真的怕了，撞到這麼一個狠人，不怕才是傻的。從前都以為這楊大人是塊又臭又硬的茅廁石頭，現在看來，這老傢伙簡直就是平西王二代威力加強版，真正的殺人不見血的角色。什麼商鞅、王安石、蔡京和他一比，真真是屁都不是，原因很簡單，任何變法者，都會先想著如何保護自己，再去慢慢地實現自己的政治主張，不管你是忠是奸，是好心還是一肚子壞水，至少目的只有一個，再如何變，總要保住自己的榮華富貴，保住自己的身家性命，保全了自己，再進一步去治國平天下。

可是楊大人不同，他是先砍自己一刀，一上任，直接就是拼命的架勢，這種打法，實在是古今罕見。

玩到這個份上，已經不是黨爭這麼簡單了，這是實實在在要人命的事，沒了這烏紗，大家屁都不是，幾十年爲之奮鬥的東西一下子被剝奪了個乾乾淨淨，這和殺了汴京上下的官員也差不多了。於是一時之間人心惶惶，官不聊生，流言四起。

戶部部堂裏，十幾個官圍坐在耳室喝茶。

茶是廬山雲霧，京城裏罕有的香茗，可是喝茶的人卻沒幾個有心思的。現在到處都是人心惶惶，就在方才，已經有京察去了刑部。

這戶部是天下一等一的部堂，不可能一點動靜都沒有。只是不知道這把火什麼時候燒到戶部來。

戶部畢竟非同一般，說得難聽一些，能進這裏來做官的，哪個沒有一點兒背景？就比如現在喝茶的戶部郎中張鳴，就是秦國公的丈人。

秦國公是趙佶的十五皇子，年歲雖然不大，可畢竟還是天潢貴冑，早晚要封王的，所以這裏頭的人就屬張鳴最愜意，火再怎麼燒也燒不到他頭上，他隔岸觀火就是，說不準這左右侍郎若是被一下子擼了下去，戶部還能出個空缺，從本心上，張鳴是鼎立支持京察的，有京察才會有空缺，才有再進一步的機會。

「才三天，就丟了四十多頂烏紗，這麼下去可怎麼得了？我聽說，連楊真的門生都罷了官，直接打發走了，這楊真到底想做什麼？真的要六親不認？就不怕讓人戳了脊梁骨？」

喝了茶，閒聊也就開始，諸位大人的話題當然是眼下關乎自己切身利益的事。

有人打開了話匣子，便有人推搡，有人擔心，有人懊惱地議論起來。

「從前還不見這楊真喪心病狂到這個地步，就因爲他們這麼一攪和，不知多少人家破人亡，就禮部的那個劉大人昨日清早被開革，晌午的時候就回家上吊自縊了。」一個堂官咬牙切齒地道：「我若是姓劉的家眷，今日就抬了劉大人的屍骨到姓楊的家裏去鬧，反正是沒法活了，索性就鬧個天翻地覆。」

說起這事，倒是有人滔滔不絕起來：「這個事我也知道，劉大人的兄弟現在就琢磨著這事，要給劉大人報仇。」

大家立即興奮起來：「怎麼？怎麼個報仇法？」

那先前說話的人點到即止，淡淡笑著喝了口茶道：「肯定要鬧的，就看怎麼個鬧法而已。」

「老夫就覺得奇怪了，陛下怎麼也不管一管？鬧得雞飛狗跳的像什麼樣子。」

「說不準這事兒和那沈傲有關係，平西王和楊真一道上了奏疏，他的聖眷擺在那兒，陛下哪一次對他不是言聽計從的？」

話說到平西王頭上，所有人都沉默了，平西王的壞話，他們實在不敢說，這兩年栽在平西王頭上的人還少了嗎？你跟人家講道理，他跟你用拳頭，你跟他玩硬的，他抽出劍來先斬後奏，這種人，還是儘量少惹為妙。

張鳴見大家憂心忡忡的樣子，不由含笑道：「其實也不必怕什麼，楊真這廝也不過是新官上任，總想做一點青史留名的事，過了幾日也就好了。戶部和其他地方不一樣，這裏擔著天下的命脈，少了人做事是不成的。」

有人苦笑道：「張大人當然不必擔心，可是我等就不同了，畢竟關係不夠鐵，上頭未必肯為我們出頭。」說罷吁了口氣，搖搖頭：「再過七八年，老夫也該致仕了，偏巧這個時候撞到了這麼檔子事，若是真被開革，還有臉做人嗎？我要是開革了，也效法那位劉大人，尋根繩子吊死清淨。」

大家便笑著安慰，張鳴道：「不能這麼說，想開一些的好，真要開革，索性去鬧一鬧。」

你一言我一語，偶爾會有幾個胥吏進來，叫一兩個大人出去署理下公務，一直坐到太陽偏西，眼看就該回府了，正在這時候，一個胥吏連滾帶爬的進來。張鳴見了，便皺起眉：「慌慌張張做什麼，還有沒有規矩？」

胥吏喘著粗氣道：「不好了，京察來了。」

耳室裏一片譁然，想不到京察來得這麼快，大家面上都凝重起來，張鳴也站起身道：「走，出去看看。」

外頭一個紅袍官員帶著幾個殿前衛過來，如今汴京行走的京察官都是從新科的進士裏挑選出來的，新科進士畢竟還沒有組織起人脈網，涉世不深，所以用起來得力。

這京察只是個鬍子還未過膝的青年，下巴微微一抬，看到戶部的官員蜂擁過來，便朗聲道：「門下省旨意……戶部郎中張鳴……戶部員外郎劉……」

十幾個名字叫出來，這京察加重語氣：「以上人等怠忽職守，貪瀆錢糧，如今東窗事發，誰有異議？」

十幾個戶部官員面面相覷，叫到的人，有當值的也有不當值的，整個戶部的官員也不過七十多人，一下子就少了二成，實在是令人心驚動魄。

那些被叫到名字的，已經面如死灰一下子癱了下去，沒有叫到名字的，心裏雖然存著僥倖，可是腿不禁還在哆嗦，害怕無比。

京察冷漠地道：「來人，剝了這些人的官袍，摘下烏紗，打發出去！」

殿前衛如狼似虎的點人，一時間又是雞飛狗跳，先前還得意洋洋的張鳴先是一愣，他無論如何也想不到，罷官居然罷到了他的頭上，整個人先胡思亂想了一陣，以爲是聽錯了，現在反應過來，便不禁破口大罵：

「楊真老賊，我張鳴與你不共戴天，你摘了老夫的烏紗，老夫要你的命！」

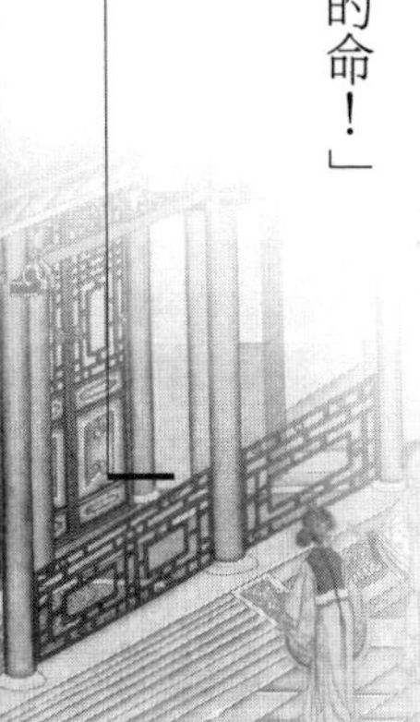

嘶吼了一陣，殿前衛已經摘了他的烏紗。

不少同僚過來相勸，道：「大人不必意氣用事，且先回去歇息兩日，再走走門路，總能撤了這處分的。」

張鳴不理，兀自罵聲不絕，讓不少人生出兔死狐悲的心思，一時之間，整個戶部亂糟糟的。那些當差的胥吏大氣都不敢出，看到上官都淪落到這個份上，一個個冷若寒蟬，心裏想，連三四品的官都是如此，我們這些不入流的小吏還能活嗎？

整個汴京風氣大改，朝中的官居然一個個當值便立即回家，既不宴客，也不招搖過市。

不止是他們，連各家一些愛滋事的子侄輩也都受了警告，不許外出，老老實實地在家待著。當值的時候，不管有事沒事，也不敢再閒晃了，沒事的都要找點事做。

門下省遞了條子，要戶部清理出治河的費用，或者是要刑部把上月秋後問斬的人犯名單交上去，往常往往都要拖延個十天半月，現在居然只要三兩天就好，每個人都成了走馬燈一樣，絲毫不肯閒下來。

當官的如此，下頭的小吏當然更別想好過，平素他們悠閒著喝茶的時候，少不得要折騰胥吏們一下，如今大人們都忙得抽不開身，你們還想閒著？

京兆府是最倒楣的，和那些部堂比起來，京兆府真真是屁都不是，要想保住前程，就得作出個樣子來，於是不必門下省下條子，為了維護治安，那皂吏更是一刻不停的上街，為了防止這些人偷懶，一向不太願意走出衙門的堂官居然三班輪替出去督察。如此一來，連帶著汴京的風氣也都得到了改善，街上的潑皮、騙子都銷聲匿跡了不少，再加上平素一向招搖過市的衙內也都不敢出門，這天子腳下，居然一天都難碰到一件案子。

沒有案子怎麼行？沒有也要造出案子來，否則京兆府的判官豈不是無事可做？無事可做就意味著隨時可能革職，不得已，大家就只能尋些陳年舊案來審。這些案子，其實都是雞毛蒜皮的小事，鄰里之間，誰家的樹過了院牆到另外一家引起的爭端，一個饅頭引發的撕扯之類，換作是以往，京兆府哪裡有時間管這個，心情好的時候派個押司、差役去兩邊恫嚇一下，叫他們誰都不許生事，誰再鬧就抓哪個。這還是勤勉的，平素這種雞毛蒜皮的事，苦主來告，大多數時候連理都不理。

如今，這種雞毛蒜皮的小案子已經成了香餑餑，為何？找事做！只有找到了事，才能讓京察知道，本官還是有用的，朝廷還是需要本官的，本官絕沒有蹲著茅坑不拉屎，大盜飛賊、殺人放火之類的案子畢竟少之又少，一個月也未必能撞到幾個，這些屁大的案子，就成了保住烏紗的重要手段了。

天氣漸漸炎熱起來，轉眼就過了三月初，楊真這首輔如今算是過足了癮頭，十幾天功夫，便裁撤了兩百多個官員，汴京還不算，就是對外邊的州府，門下省也是虎視眈眈，如今百官人人自危，居然一個個勤懇起來。

楊真的京察，得到平西王的大力支持，這是整個汴京都知道的事，如今有皇帝和平西王在身後，楊真做起事來遊刃有餘，換作是王安石在的時候，只怕早已被人群起攻之了。可是這時候，所有人都在沉默。

作爲利益交換，楊真上疏，懇請宮中擬准泉州籌措萬國展覽。

趙佶看了奏疏，只問了一句話：「朕能不能去？」

楊真連想都沒想，直截了當地回答道：「不能。」

趙佶立即表現出一副興致缺缺的意思，道：「這是爲何？」

楊真慨然道：「父母在，不遠遊。更何況是陛下？陛下乃是天下人的父母，擔負社稷之重，豈可輕易離京遠遊？所謂萬國展覽，不過是我大宋釐清海政之後，對萬國示之以恩德的盛會而已，何須陛下親自動身，只需遣一欽差使者前去安撫即可。老臣以爲，平西王身分尊貴，又曾與各國打過交道，對泉州頗爲熟稔，陛下何不如下旨，請平西王前去泉州，召問各國藩王、使節？」

趙佶沉吟了片刻，道：「先下旨讓泉州上下籌辦，待萬事俱備了，再下旨意給平西王吧。」趙佶沉默了一下，又繼續道：「朕聽說外朝如今雞飛狗跳，到處不得安生，楊愛卿，治大國如烹小鮮，你也老大不小了，何苦鬧出這麼大的動靜。」

楊真正色道：「陛下此言差矣。」

趙佶沒想到楊真會頂撞自己，臉色變得十分難看。只聽楊真繼續道：「我大宋對士大夫實在過於優渥，優渥士人本是一件好事，可是凡事不能矯枉過正，令人肆無忌憚。陛下可曾記得那次殿中，書生對陛下的責難嗎？」

趙佶臉色變得更差，抿嘴不語。

楊真繼續道：「其實並非是陛下不聖明，陛下更談不上昏庸，天下人與陛下雖然相隔咫尺，卻不啻天涯之遠，天下人如何看陛下，並不是看陛下的德行，而是看官。」

「看官？」趙佶不禁喃喃自語。

楊真道：「若是天下的官員都忠於職守，則陛下的愛民之心才能得以展現，太原地崩，太原大都督和太原知府知法犯法，陛下遠在汴京固然憂心如焚，可是太原百姓感受不到，他們只知道，陛下所派駐的官員並不去理會他們的死活，反而成了鄭家的幫凶，殘害百姓的劊子手。若不是陛下以平西王為欽差，只怕太原人提及到陛下早已咬牙切齒了。」

楊真倒也真敢說，可是趙佶何等聰明，想到上一次那書生深深刺傷他的話，也不禁動容，正襟危坐地道：「楊愛卿說得有理，朕現在倒是明白了。」

趙佶這時反而有點激動了，楊真也沒有胡亂說話，雖說他隨口指出了太原和前些時日在御前的忌諱，一開始趙佶聽得暗暗皺眉，可是現在卻是反怒為喜，為什麼？很簡單，因為趙佶是真的傷心了，而且顏面大失，那書生的話一直隱藏在他的心裏，沉甸甸的，讓他很不好受；而楊真卻指出，這並不是陛下不賢明，不是陛下昏庸，只是下頭的官員徇私舞弊，欺蒙了陛下而已。

趙佶的心情舒暢了，沒有錯，朕並不壞，各地出了災情，朕哪一次不是心亂如焚？督促欽差賑濟，各地的刑獄，難道朕沒有少發過文？這一切錯就錯在官員身上，是他們讓朕背了黑鍋，朕宅心仁厚，被天下人這般唾棄，非朕之罪，實在是有些人打著朕的招牌，恣意不法，才釀成今日這個樣子。

趙佶龍顏大悅，立即道：

「楊愛卿說的不錯，朝廷是該整肅一下，依朕看，現在這個樣子還不夠，京城要整肅，各地的路府也不能視若無睹，這件事由楊愛卿去辦，朕信得過，任何犯有過失的官員，一概不能輕饒。這世上有一個太原都督，就會有十個太原都督這樣的人，有一個太原知府，難道其他的知府就乾淨了？」

他興致勃勃地繼續道：「你放心去做，出了任何事，有任何人敢橫生枝節，有朕為你出頭。」

楊真心裏想，平西王教老夫說的這些話居然如此奏效，心裏大喜過望，有了宮中大力的支持，自己要大刀闊斧做的事就簡單得多了。連忙道：「陛下聖明。」

趙佶含笑道：「平西王也常常對朕說，一家哭何如一路哭，這句話朕現在思量起來，卻也沒有錯，處置幾家官員，總比他們殘害百姓、怠忽職守的好。」

楊真連連稱是，與趙佶寒暄了一陣，才從宮中出來，心裏大是鬆了一口氣，平西王是不可能永遠坐鎮在汴京的，如今有了陛下的支持，自己就不必擔心了。

請續看《大畫情聖》第二輯 十一 越洋遠征

# 大畫情聖II 十 狡兔三窟

作者：上山打老虎
發行人：陳曉林
出版所：風雲時代出版股份有限公司
地址：105台北市民生東路五段178號7樓之3
風雲書網：http://www.eastbooks.com.tw
官方部落格：http://eastbooks.pixnet.net/blog
Facebook：http://www.facebook.com/h7560949
信箱：h7560949@ms15.hinet.net
郵撥帳號：12043291
服務專線：(02)27560949
傳真專線：(02)27653799
執行主編：朱墨菲
美術編輯：吳宗潔

法律顧問：永然法律事務所 李永然律師
北辰著作權事務所 蕭雄淋律師

版權授權：蔡雷平
初版日期：2015年2月
初版二刷：2015年2月20日
ISBN ：978-986-352-026-9

總 經 銷：成信文化事業股份有限公司
地　　址：新北市新店區中正路四維巷二弄2號4樓
電　　話：(02)2219-2080

行政院新聞局局版台業字第3595號 營利事業統一編號22759935


定價 ：280元　　特惠價 ：199 元


國家圖書館出版品預行編目資料

大畫情聖II ／ 上山打老虎 著. -- 初版. -- 臺北市：
風雲時代，2014.04 -- 冊；公分

ISBN 978-986-352-026-9（第10冊；平裝）

857.7　　　　103003450